月亮依然

还是远古时的模样

古月今照爱正流淌

那是久远的蕴藏

一念遇见　十五的月亮

圆融美满的向往

转眼百年梦长

一念遇见

姜诗明 著

辽宁人民出版社

图书在版编目（CIP）数据

一念遇见 / 姜诗明著 . —沈阳 : 辽宁人民出版社，
2022.6

ISBN 978-7-205-10424-5

Ⅰ . ①一… Ⅱ . ①姜… Ⅲ . ①诗集—中国—当代
Ⅳ . ① I227

中国版本图书馆 CIP 数据核字（2022）第 063834 号

出版发行：辽宁人民出版社
地址：沈阳市和平区十一纬路 25 号　邮编：110003
电话：024-23284321（邮　购）　024-23284324（发行部）
传真：024-23284191（发行部）　024-23284304（办公室）
http://www.lnpph.com.cn
印　　　刷：辽宁新华印务有限公司
幅面尺寸：130mm×210mm
印　　张：12
字　　数：209 千字
出版时间：2022 年 6 月第 1 版
印刷时间：2022 年 6 月第 1 次印刷
责任编辑：娄　瓴
封面设计：丁末末
责任校对：耿　珺
书　　号：ISBN 978-7-205-10424-5

定　　价：59.60 元

序一

从容平和却不失深刻

王振纲

姜诗明的又一部诗集即将问世。以 2009 年 10 月 6 日的《心安处　人间天上》开篇、2021 年 12 月 31 日的《永别了，2021》收束，组成了新诗集《一念遇见》。

在成为诗人之前，诗明是电视人，准确点说，是颇具影响的电视人。他毕业于北京广播学院（现为中国传媒大学），凭借才气和实绩一步步做到中央电视台《中国财经报道》制片人，策划、制作了诸多深受观众赞赏的成功作品，如《质量万里行》《大国重器》《经济生活大调查》等。2005 年作为总导演、总策划，开创了颇有影响力的电视节目《中国经济大讲堂》，走进大讲堂的嘉宾包括许嘉璐、龙永图、厉以宁等政治、经济领域的杰出人物。如此嘉宾阵容，栏目所形成的影响不言而喻。在此之外，他主编过《打开经济问号》系列丛书。以上并不能概括作为全国最重要媒体中央电视台财经频道制片人、高级记者的诗明成绩的全部，从 1987 年到 2013 年，诗明的电视作品获奖 49 项，有人调侃说他拿奖拿到手软，由此我们或可感受他作为电视人的成就。

作为诗人的诗明，其创作之初是他为大型电视片和一些大型主题活动撰写主题歌歌词，创作了如《北京榜样》《回家吃饭》等有影响的作品。下面且来看一段见于百度的评介文字：

2013 年 12 月 24 日在北京举行的以"集善之夜，倾听世界"为主题的救助听障儿童平安夜慈善晚会，在央视主持人朗诵诗明为晚会创作的《让爱的分贝响亮》中，拉开了序幕，这是诗明创作时间距离最近的一首主题诗歌；而早些时候的主题歌，是因拍《国情备忘录》需要而作。随着该片的热播，主题歌《给最真实的你》成为其中的一个亮点，也成为他跨界创作高峰期的重要起始点。

在诗明创作的歌词中，《大国重器》主题歌《天工开物》别具特色：

石头，剪刀，布 / 金木水火土 / 鲁班爷的手 / 黄道婆的布 // 石头，剪刀，布 / 金木水火土 / 天工开物没停步 / 人有担当就是擎天柱 // 石头，剪刀，布 / 金木水火土 /

万千的美景／智慧蘸着汗水图／／石头，剪刀，布／金木水火土／五个手指正起舞／你追我赶天地殊

这首主题歌以国人耳熟能详的儿歌、稚拙古朴的语言，伴以童声演唱，唱出了中国制造的纯真梦想。其歌词的风格令人耳目一新，寓睿智于质朴的表达形成了诗明新诗的独特风格。

不止于此。他先后和吕远、郭峰、莫凡、韩磊、阿里郎、赵照等著名作曲家及歌手合作，创作了《回家吃饭》《慈孝若情天》《给最真实的你》《微不足道》《兄弟》《征途》等脍炙人口的歌曲。我所见到的诗明的歌词简洁含蓄，热烈而深情，在朴拙的形式中闪亮着智慧的光芒，在特殊的对象和特定的环境中，给受众以感动和震撼。无论是诗，还是诗与音乐结合变成了歌，诗明诗歌中的全球视野、时代目光和家国情怀与他在央视的事业一脉相承。

有人称诗明为"业余诗人"。"业余诗人"是一个不科学的称谓。世上有多少人是靠写诗专业吃饭的？诗人的资格凭作品而来，凭作品的质量而来。一个人一辈子不写诗，不会有人称他诗人；也有人写了一辈子诗，如清乾隆皇帝，一生写了4万多首诗，数量可谓古今天下第一，但世人不认其诗人资格，因其作品质量不高；还有人很少写诗，如

唐代张若虚仅有两首诗传世，仅凭一首被誉为"唐诗之最"的《春江花月夜》就奠定了他的唐代优秀诗人的历史地位。只有两首诗作的张若虚，有谁称他业余呢？

之所以称诗明为"业余诗人"，大概是因为电视专业与写诗是跨界吧？确实也是。诗明当初是拿笔，拿照相机、摄像机的。但是，像文学创作并不只是用笔一样，摄影、摄像创作也不只是用机、用眼、用技巧，而是用头脑、用心灵，捕捉稍纵即逝的灵感，定格难得一遇的瞬间，用光、影、线条、色彩和芸芸众生之生态万象展现大千世界之美。作为诗明当年高中毕业班的语文教师、班主任，我对诗明的成长过程有着较为直接的观察。在我看来，诗明由电视人变为诗人是一个合理的延伸。摄影、摄像艺术也好，诗歌、文学创作也罢，要求艺术家具备相应的文化修养、胸襟气度和人生阅历、领悟。而这些，从先天或者换言之从主观方面来说，诗明天资聪慧，现代人谓之高智商高情商；而从客观方面来看，诗明的活动环境居高临下，视野开阔，更兼其敏捷多思，勤于动手，因而会写诗、能写出好诗可谓顺理成章。

21 世纪是崇尚多元化的时代，而多元化在诗歌的一个具体体现就是诗人的特色，也就是独具特色的风格。诗明的诗就有着不同于他人的鲜明风格。

作为一个电视专业、财经专题之富有建树者，诗明在痴迷新诗之后，不断有诗作在《人民日报》等报刊发表。其诗呼应社会生活中的重大事件（《情牵武汉》《你的爱无可比拟》），关注民众特别是弱势群体的疾苦（《有爱无处不天堂》）。他赞美曼德拉（《圣人的光芒》），也关注普通人，歌唱农民工（《真想亲口叫您一声大哥》），用66行的长诗讴歌普通邮递员，讴歌"平凡绿色的神圣"；他为玉树灾区祈祷（《别害怕》），为患阿尔茨海默症的母亲吟咏《请忘记我曾是谁》，其作品所及多牵民心世情。

我的一位音乐家朋友说她读到《请忘记我曾是谁》时泪流满面。后来她找我，希望见到作者更多作品，因为她被诗明的诗深深地感动了：

孩子，我知道你是谁／可我总说不对你懂的那些词汇／可你看看我的眼睛／它是不是依然柔情如水／孩子，别为我流泪／生命就是这样，进退轮回／没有对与不对／无须悔与不悔／孩子，要知道／生活的苦难最好用微笑面对／轮椅上的乾坤也是人生的滋味／孩子，我知道你是谁／可我要说爱你的话呵／却总是词义不对／你看着我的眼睛吧／是不是依然慈爱深邃／记住啊孩子／真的爱过的人生已是最美／别为我流泪／也告诉你的孩子吧／只要有爱和你相随／请忘记我曾是谁……

　　这样的诗篇，饱含着作者对生命的尊重、对亲情的眷恋，深入人的神髓、人的灵魂，令人震动，令人垂泪，令人情不自禁地萌生感动。文学是人学，作为构成文学基本成分的诗歌的最根本立场，是对人类生命、命运的终极关怀。而如果你还读过诗明的《猫腻》，虽然其诗别有所寄，但我仍然从这首源自给小猫看病的俏皮亲切的诗句里读出来，他对生命的关怀已经扩展到对弱小生灵的怜悯和护爱，这是一种有如佛家众生平等的大爱。

　　"现在写诗的比读诗的人多"，这句话大概出自相声、小品演员口中，是从读者角度表达的对新诗的排斥，因为在大量读者眼中新诗已经无法读懂，因而排斥新诗，拒绝新诗人。那么，新诗人们的感觉呢？一些当代诗人无比自信、傲慢。他们以"不理解原则"为武器，这武器用于自卫时是盾，用于攻击时是矛。对读者最激烈的攻击莫过于"我说句不客气的话，目前的诗歌文化中所指认的晦涩的诗，都是读者巨婴症的一种幼稚的反应"。当这位孤芳自赏、目空一切的诗人称读者患了"巨婴症"而欣赏"屎尿体"诗人贾浅浅，为她的作品鼓吹的时候，我对此类人主张的"不理解原则"开始有些理解了。于是，我明白了新诗在当今时代不过是"诗人自嗨的时代"或者是"诗人与读者互相瞅不顺眼的时代"。而姜诗明的诗是一股清流。他的诗歌从心底流出，了无刻意造作的痕迹，以其有才气、接地气、富有正气、接近受众而独树一帜，赢得受众青睐。

一般的文学体裁的作者是从客观的立场去观察和解释世界，而诗人则以主观的体验去感受世界。成功的诗作可使读者一起心动、一起思考。虽然诗明的诗中并无大悲大喜，但并不缺少令人心跳、流泪的篇什。于是，读者可从《回家吃饭》《给女儿的歌》的吟咏亲情中觅到共鸣，触碰心底最柔软的那块，从《永远不离不分》《班花如盛夏》《我的朋友老薛》中领略爱情，还可从《念》《净》中参悟禅意，从《冬天2012》中感受他对社会最底层之弱者生存状态的悲悯情怀，从《最后一天》中辟谣玛雅人关于世界末日的"预言"，有了"每一天都是最后一天"的领悟，从《加州花房》《波西米亚的天空》中，随他履痕踏过全球多地的行路中品读多彩的世界。他的诗常常道出不少人深藏心底却未能道出的感受。诗明诗集中处处闪亮的是那种明亮和温暖的色调。

我最后想说的是，诗歌的社会功能是什么？诗人又是什么？我以为，诗歌应是时代的号角，诗人应是时代精神的传播者。而新世纪的诗人则应是新时代精神的传播者，姜诗明正是这样的诗人。

古人说"诗即思"，毛泽东说诗是形象思维。思维的极致不就是理吗？诗明的诗作多为缘事而发，寓理寓教，但其诗之质地或曰涉事的终极目标是思索。其作品不是教科书，而是诗是歌是艺术，是那种从容平和但不失深刻的哲思。理解了这一点就接近了诗明，也就接近了他的诗歌。

王振纲，男，汉族，1944年7月出生于辽宁省东港市。1969年毕业于辽宁大学中文系，教过中学、大学。曾任政协丹东市委员会副主席、民进丹东市委员会主任委员、丹东市诗词学会会长、辽宁省诗词学会名誉会长等职。

出版了散文集《英雄·美人·江山》《寻找那棵枫树》《我所了解的朝鲜》，笔记体文集《实话难说》，文学评论专著《读红札记》（上编、下编两部），序跋评论集《他人和自己的嫁衣》（一、二、三集），旧体诗集《秋水长天》《一集、续集》以及学术论文集《中国当代名家学术精品文库·王振纲卷》等。

序二

人生多坎坷　诗人报之以歌

谷云龙

有机会为姜诗明的诗集写点文字，很意外。文章千古事，写文字需要对作者和读者有价值并经得起时间检验，我只是偶尔喜欢读诗的普通人。好在喜欢读诗的普通人是读者中的大多数。

姜诗明为何与诗结缘？

他出生于辽宁省丹东市一个普通工人家庭。1982年9月，他通过高考加面试考入北京广播学院（如今的中国传媒大学）电视系电视新闻摄影班。我是从河北太行山区农村考入的，恰巧我们在一个班。一间标准的学生宿舍放了四张双层床，住7个同学，我住在他的下铺。当时的北京广播学院电视新闻摄影专业以面向社会招收有一定专业基础的生源为主，而82级则是只面向当年参加普通高考的中学生招生，因而我们班的同学被认为学生气重。我们自己的评价就是正宗、纯洁、阳光，同时也有人说我们班同学经历浅薄、单纯但骄傲。相比之下，诗明往往有不同常人的独到思考。

他天生对人热诚，我与他还有另一位来自江西的同学在不知不觉中形成了"兄弟三人组"。这么多年，诗明对"灯火阑珊处"低调不张扬的人格外亲近；他身上乐于助人的天性十分突出，这性格塑造了他四十年来普通又非凡的生命轨迹，也成就了他的诗。

姜诗明的诗源自工作和生活。

姜诗明1986年从北京广播学院毕业后分配到中央电视台经济部当记者。他成长很快，工作后不断有力作出现。记得在1995年中国国有企业改革的关键时期，他与主持人赵赫（北京广播学院82级播音班的同学）一起主创拍摄了当时非常有影响的关于国有企业改革试点的系列专题节目《试点追踪》，我当时正在央视新闻中心采访部的综合报道组做制片人，经济报道是组里的报道重点。当时组里一些同事看到《试点追踪》后问我：看到经济频道播出的《试点追踪》了吗？姜诗明他们做的这个节目太棒了！我当时心里暗自得意，因为这些同事多次获得中国新闻奖，从他们口中说出赞叹他人节目的话很难得！既说明姜诗明的节目引发同行敬佩，也说明我组的同事在"比学赶超"！不过我和姜诗明在那一段时间各自忙碌，对彼此的节目交流不多。

姜诗明写诗这件事，我分析一是工作促发，他为不少节目创作了主题歌，歌词特别好记，适合传唱，既有歌曲独有的魅力，又很契合节目的主题立意。加上作曲家谱曲，歌唱家演唱。可能也由此激发了他写诗的兴趣。比如他担任总导演的大型系列电视片《国情备忘录》的主题歌，歌词写得特别真挚、深情，升华主题，特别准确地表达了他对中国的认知和情感。

你是那么的神奇

多少人为你着迷

你是如此的神秘

多少人还不懂你

望你远去的背影

知道你遮挡着多少风雨

听你沉重的脚步

懂得你疲惫中依然坚毅

我要拥抱你

无论何时何地

你是我的唯一

我要最真实的你

你给我希望

你给我力量

我的一切

只给最真实的你

当我真的走近你

看你真实的模样

我知道这世上

最独特的就是你

有人说你

青春已随风飘移

脸上的沧桑便是印记

有人说

你胸膛仍激荡心绪

血脉里装的

尽是活力

我要拥抱你

无论何时何地

你是我的唯一

我要最真实的你

你给我希望

你给我力量

我的一切

只给最真实的你

——《给最真实的你》

（演唱：韩磊；作曲：方兵）

　　姜诗明写诗的另一个原因是源自天性和生活。他自己说："我时常会把当时的心境写下来，是想让我的神经能时常保持敏锐，而不是对一些司空见惯的麻木。当然，这里更多的是生活中我所感受的一切爱和感动。"多年来，我从他的诗中感受到他思想情感的敏锐、丰富和成长，从他身上能体会到诗让人生美好。

　　人生多坎坷，诗人报之以歌。

谁不希望

让一日三餐　真能吃得都香

让生活远离　欺骗悲伤彷徨

谁不希望

仰望上苍　星空蔚蓝心神往

相信诺言　金子心从不走样

现实常常让人有些神伤

身边那些熟悉的陌生人

许多曾经的热忱

变成事不关己的沉默

我还能做些什么
难道世界就是这样
真的对一切不再相信了
这世界将会怎么样

可我还是不愿
不愿失去心中那份善良
……
——《相信的力量》

1986 年，我们大学毕业那年正是农历虎年，那一年电视剧《西游记》播出，主题歌《敢问路在何方》引发了老百姓广泛的情感共鸣。阎肃写的歌词至今令人难忘："……一番番春秋冬夏，一场场酸甜苦辣；敢问路在何方？路在脚下。"

今年又是一个虎年，改编自作家梁晓声同名小说的电视连续剧《人世间》在央视热播，其同名主题歌触动了无数人的心灵。其主题歌的歌词，与姜诗明诗词的风格特别相似。

草木会发芽　孩子会长大

岁月的列车　不为谁停下

命运的站台　悲欢离合都是刹那

人像雪花一样　飞很高又融化

……

若年华终将被遗忘　记得你我

火一样爱着

人世间值得

……

我们啊　像种子一样

一生向阳

在这片土壤

随万物生长

　　我原本不太理解——这首主题歌填词的作者唐恬竟是一位 1983 年出生的长沙女孩，后来看到她大苦大难的人生经历，才体悟到她填写的歌词为何如此触动人心。

　　姜诗明的诗作为何越读越让人产生共鸣，我想，应该就是缘于他对人生的敏锐感悟。

　　此篇文字的最后再品一篇姜诗明的诗作，与朋友共勉。

　　长长的山坡

我已经走过

以为总会走到山顶

曾不敢让时光蹉跎

总听说风景在最远处

也曾任凭路边的些许诱惑

走着走着

才发现妙峰何其多

来路为哪个

好像没人和你细说过

回望那一刻

才懂得

已经错过许多

命运是一个坐标系

落脚在属于你的象限

已经是上天给你最好的选择

也许

到那天我真的服老了

再也走不了多远了

想想这辈子

全心全意地爱过

努力过　痛过　错过

拥有过　失去过

相信过　珍惜着

所有这些都真实的

就算没白活

我会很骄傲的

这世界　我真的来过

谷云龙，中央广播电视总台总编室副主任、高级编辑。

序三

诗明的使命

孙雨净

其实在成长阶段，我们可以期待，但是我们无法预设未来的样子。我们甚至不知道因为什么喜欢了某种表达方式，并坚持下来，进而雕刻了我们后来的模样。

比如诗明兄，一位中央电视台的摄影师，后来多个栏目的制片人，又加上了"诗人""词作者"的"斜杠"。许是一开始做节目的需要，征集的诗稿和歌词不甚理想，为了不辜负自己带"诗"的名字，诗明就亲自操刀了。可在我看来，经年累月，他有太多想说又不能全说、不说又实在憋得慌、说又不能全透的各种与时俱进、与时纠结、与时彷徨、与时伤痛、与时酣畅的复杂情感，才形成了他有长、有短，有煽情、有白话，可以诗、可以歌的近千首作品。

《北京榜样》《回家吃饭》《微不足道》等诗被谱了曲，经歌者孙楠、郭峰、赵照、黑鸭子组合等演唱而变得脍炙人口，并不断从电视、广播、自媒体等一路流淌。可那温情的、敲击我心灵、让我瞬间泪奔的是《给女儿的歌》《有妈就有家》《念》《加州的雨》。也许亲情和爱情表达更能引起我的共鸣。

20世纪60年代，诗明出生在和朝鲜一江之隔的鸭绿江边的城市丹东。我出生在秘密研制原子弹的基地海晏县。诗明的出生地属于大东北的辽宁辖区，我的出生地属于青藏高原的草滩。一个东来一个西，相隔2533公里，因为上大学的"一念"，我们有缘20世纪80年代在北京朝阳区定福庄一号北京广播学院"遇见"。

在大学，诗明是摄影系的。大学二年级以后他们摄影系的学生都可以人手一架照相机，按规定完成一些摄影作业。在拍摄人物主题的时候，我记得学校里的漂亮女生都是摄影系的目标人群。然后，过不多久，就会有女生跳跃着、甩动着马尾刷、得意扬扬地在自己的床头贴上高光黑白大头照。很多女生是嫉妒呢还是嫉妒呢，唉，反正我是永远都不会被摄影系男生拉着拍照的女生，但，但这并不能阻挡我喜欢摄影系男生的脚步。

有些人，如诗明，不必非得冠以"班长""学委"这样的头衔，却天生有一种凝聚力、亲和力，或说好人缘。人缘好到什么程度呢？他仅仅小范围"路透"喜欢学校新闻系的一个女生，他同班的几个"狐朋狗友"就迫不及待地替他表达了爱情。无论是去学校食堂的路上，还是在周末的北京王府井书店、隆福寺小吃街，那个新闻系的女生遇见几个号称是"广院82摄影班"的男生，被他们的善意表白搞得含羞并一脸狐疑，她温柔的南方腔调："到底谁是姜诗明呀？"

爱的表白已经"出街"了，诗明亲自出面的时候，那份爱情好像波澜不惊、水到渠成的样子。春去秋来，收获了爱情的诗明，毕业分配到刚刚开播的中央电视台经济部。我硬要跟着诗明和女朋友回丹东省亲，记忆里丹东也是硬硬的土炕，和我家乡的土炕是一式儿的。亲戚、朋友都为诗明的大学分配叫好，只有诗明的老妈有点儿失落："哎呀，离家太远啊，落不着天天见面了。"

"听说你和83摄LY在谈恋爱？"已经到央视工作的诗明神清气爽地出现在广院的一个新年联欢活动现场，我俩相遇时他的问话让我嗫嚅支吾，因为我知道我的爱情不被大多数人看好。一个青海女生想嫁给一个北京的男生，可以被视为"癞蛤蟆想吃天鹅肉"。几十年过去了，我还记得诗明真诚的笑脸和对我相中的那个北京男生的赞赏。被我追到手的摄影系男生是比诗明年纪大两个月的广院摄影系的同门师弟。

20世纪90年代，诗明在中央电视台紧着四下忙活拍片子、做节目，毕竟是赶在了经济活跃、腾飞的风口上。

工作之余，他还忙里偷闲结了婚和生了闺女。而我为了一纸北京户口先后在部队和国家机关蹉跎和流转了一番。

作为校友、学妹，我再次"遇见"和关注诗明，目睹他从《经济半小时》走过"3·15"，走出《财经报道》，并整了《经济大调查》。中央电视台经济部从诗明刚加入时的一个部门几个栏目，发展成一个全频道、多部门的庞杂机构是时代需要，大势所趋。诗明是经济频道的参与者、见证人、践行者。依然忙里偷闲，诗明把自己的学业和校友又扩展到了北大。

制作多少期节目、收获多少奖状可以迈向更高的所谓仕途的台阶？那些曾经拍过的肩膀、拍过的胸脯、信誓旦旦的允诺都变成了躲闪的眼神，成人的世界里，只有惊奇不算惊奇，没有惊奇才是惊奇。

执子之手，与子偕老，走过半程，她竟被病魔击倒而提前退出人生的赛道。诗明竭尽全力，最后不得不垂下头。不舍和无力在诗里，盼望和坚强也在诗里，因为上有老、下有小，很多功课还没有完成。

人生有多长，未来有多远？"踏踏实实做事，本本分分做人"是诗明的匠人父亲对他的教诲。"自己是个什么鸟，自己心里没有点儿数吗？"是诗明挂在嘴边的自嘲。就那么歪打正着，那些冲动的激情、愤怒的呐喊、虔诚的期待、苦苦的思念、温情的等待的情绪，就着威士忌、普洱茶、花生米、小咸菜从诗明的笔端娓娓道来。涓涓细流，汇成诗明直抒胸臆的诗篇。

"诗明做的红烧肉特别好吃，你吃过吗？""诗明做的牛腩萝卜煲那才叫好吃。"听着来自好友的赞扬，我的思绪哗哗闪回多次相聚的画面，我确定从来也没有吃过诗明做的饭，是不是需要刻意嫉妒一番？

"这是诗明铺的地砖，你看这些裁过的地砖是他用切割石块的电锯一块块吱啦吱啦地破开的。"我踩在那条方砖路上思考着诗明的"斜杠人生"后面是不是还要加上"美食家""泥瓦匠"等头衔。诗明对很多事情都感兴趣，都愿意尝试。只要有条件，他也想驾着飞船遨游，回来再写诗一首。

最近看着诗明发来的图片，他做的泡菜深得一众好友的称赞。"姜家礼泡"是泡菜的品牌，我建议诗明诗集问世的伴手礼可以启用"姜家礼泡"。

作为校友、学妹，我和诗明能让这份"遇见"持续多年，是有原因的。因为我属马，他属虎，我们也相当马马虎虎。

孙雨净，外企资深公关。姜诗明大学校友。

序四

感受诗明　感知中国心

李小军

　　能为诗明的诗作序，很值得，很荣幸。人们常说，写诗的人懂抒情，是的，在我看来姜诗明就是一个用情生活的人，但仅用"抒情"来形容诗明和他的诗还远不够，我想用"情怀"这个词更为贴切，他为人处世的格局与家国情怀在他的诗里彰明较著。

　　认识诗明的人都知道，他是资深电视人，他主创的《中国财经报道》《中国经济大讲堂》《CCTV中国经济生活大调查》《中国质量万里行》《国情备忘录》《大国重器》等电视作品家喻户晓，诗明用他专业的电视语言留下中国经济发展的轨迹，对中国社会经济发展贡献了最为重要的参考依据。

　　熟悉诗明的人都知道，他不仅是资深的电视人，还是一位诗人、词作家。诗明是性情中人，是一个对生活富有激情的人，更是一个对社会、对国家、对未来有感知的人。由诗明策划的《CCTV中国经济生活大调查》是一档严肃理性的节目，而他通过"再小的声音中国都听得见"这么生动而富有人情味儿的语言传递出节目的宗旨，令人击节叹赏。"大调查"贴近百姓、贴近生活、贴近实际，人们可以通过"大调查"来《感知中国心》。

在《北京榜样》的歌声中，诗明用平实的语言讲述了身边不平凡的榜样力量，一首《回家吃饭》唱出千家万户的温暖。在改革开放成绩斐然之际，诗明又以《给最真实的你》深情地思考国情；在"中国制造"走向世界之时，诗明以《天工开物》为《大国重器》鼓舞欢呼；在见证中华民族伟大文明发展历程中，诗明以《打开文明密码》纪录这个时代；在战"疫"时刻，诗明以《你的爱无可比拟》为医者大爱歌颂……诗明写平凡的农民工"大哥"，写消防员《最帅的逆行》，为《飞奔的小哥》给我们的生活带来的便捷点赞，诗明的诗里还有他的父亲母亲，他的爱人朋友、亲兄热弟……

我作为中国产业发展的践行者，在诗明的诗作中，我读出国家发展的历程，读出时代变迁的烙印，读出家国情怀，读出诗明用他的诗歌在"感知中国心"，我与诗明平常交往虽不频繁，但情义深厚，君子之交淡如水，这也是我们共同以为的真性情！

李小军，中国产业发展促进会副会长。

序五

左手缪斯　右手电视

张连起

有人说，当下不谈诗。我说，那是不了解一个叫"诗明"的电视人可以朗声吟诵、可以击节而歌、可以悠然入画的作品存在。

我生活中的一大快事就是时不时收到诗明兄"诗的微信"。写喝酒、写书法、写破五、写清明、写家人、写友人、写幸福、写哭墙、写那时花开、写北京榜样……抒发真爱与苦痛、生长与消散、冥想与低语、激情与孤独、乡愁与迷惑、此岸与彼岸以及孩子般的独特温情。是的，这就是我们常常咀嚼的生活那张温暖而又冷峻的外皮。

我常常惊异，这个做财经电视的中年男人何以于浊世中有心情做一个诗人，又间或读帖拿起毛笔书写文化的密码。我不禁顿悟，每个人心中都装着一部陡峭断裂的历史，都潜伏着忽冷忽热的情致，都悄无声息又内心激荡。不知道自己是谁，来自哪里，去向何方，只有诗歌可以叫醒和指明。

信手选注片段：

黑白两色

宣纸泼墨

追寻笔尖划过

千年长河点点星罗。

禅意盎然，吞吐气象！

春天总是要来

尽管雾霾还在

那些花又会开

大地回暖了

万物依然苏醒

你是否还会伤怀

昨日那花已不在

……

春暖了这片天

花才又开

妈妈的爱如那时

花一直在

她的弯腰白发

皱纹刻着慈爱如海

春天总是要来

那花总是要开

……

能亲眼看着妈妈笑脸

还有什么比这更实在

活着就要大声说出爱

愿妈妈的笑如花常在。

一颗纤尘不染的心，一种对抗喧嚣的胸怀，一种逾越雾霾的期盼，一缕绵密深沉的情思，起伏着，升腾着，词已磨损，而词义，有着帝国的完整。

诗明兄的诗，没有繁复堆砌的意象，没有玄虚诡秘的语汇，没有目眩五色的交错，有的只是淡如菊、浓如酒的真性情，只有爱的光线醒来，照亮零度以上的风景。不少诗被谱成曲后，开启二度创作之窗，叩响重音之门。

心的悸动，永远是诗的发令枪。诗明兄走进现实，走出世俗，走过风景，走上诗国，以诗为媒，以诗为旗，我等引为知己，自当壮声助威，除了时不时点大大的赞，还会时不时对周围的人说："有个叫诗明的电视人，他的诗一如其名。"

张连起，全国政协常委、著名经济学家。

序六

不变的主题

畅　钟

暮云低沉，窗前一泓碧水，蛙鸣阵阵，掀开了投影在湖面上的微弱的路灯的光芒，此时此刻，手捧友人姜诗明的新诗集《一念遇见》，细细品味，在这夜深人静的时刻，诗书辉映，意境天成，有东风扑面、春暖花开之感。

孔子言："诗三百，一言以蔽之，曰'思无邪'。"无邪即是诗歌之灵魂，不管是身居庙堂，抑或远在江湖，诗歌永远是心灵之悸动，性情之流露，而对国人而言，自古一以贯之，对亲人的关怀、思念永远是诗歌的主题之一，太多的文山会海，丝毫不能消磨其赤之心，母亲对于每个人来说，永远是我们生命的源泉，即是容颜易老，母爱永恒，正如诗明在《那时花开》中写道：

春天是开启未来

多少人心生感慨

八十岁的老母

听着新年的脚步

笑着说钟声又敲响了

那是希望孩子

都有一个好的未来

她的笑脸很灿烂

在这寒冷的冬夜

也如那时花开

如果说母亲的爱在诗人眼里犹如春天花开，而对渐渐
长大的女儿，则是一种难言的不舍与希冀：

不愿意你长大，孩子

我的眼睛却已开始老花

我还没学会做个好爸爸

你已经说起了很哲学的话

真不愿意你长大

我还在学习做个好老爸

……

宝贝，你长大了

我那个没有门牙的小丫丫

你离我更近还是更远了

我知道

有一天，你会成为那家伙的新娘

这让我很是心慌很是心慌

不愿意你长大，孩子

我还在学习做个好老爸

　　诗明作为资深媒体人，一定也是文山会海缠身，一个真性情的男人，一定会用自己的脊梁守护着内心的那份感动，此种感动，正是人类精神生生不息之源泉。《尚书·舜典》中，帝舜曾言"诗言志，歌永言，声依永，律和声"。真性情的男人，也一定会有着理想主义的色彩，即使在异国他乡，面对早已不存在的英雄，也会挖掘其永恒的价值，正如诗人在南美期间，在加勒比暖风的吹拂之下，也会迸发出心中的赞歌：

有人因为这样的人活着害怕

如今在古巴，在拉丁美洲

在一些人的心里

切·格瓦拉已经是一个不朽的标志

一种理想不死的表达

　　诗人身居庙堂，又从事媒体工作，面对种种突如其来的新闻资讯，总能将其中人性之善化成汩汩泉水，即是在食品安全、山寨横行，各种负面新闻仰面而来之今天，诗人永远相信人心中善的力量。人类社会，说到底不外乎是善恶较量之历史，从此意义言，诗歌有着永恒的力量。诗人在《相信的力量》中写道：

　　一只微弱的萤火虫
　　不也在释放着自己的那份光亮
　　只要你相信
　　不论你是撇我是捺
　　只要简单干净的两笔
　　人就能立在这大地之上……
　　相信的力量
　　就是穿透一切的阳光

　　诗是什么？诗是天边的彩霞投射于心中的光亮；诗是什么？诗是品茗后的茶香在心中的泛滥。诗是什么？诗是酒精在血管中流动的韵律。诗是生活，诗是生活之上，诗是身居庙堂而心怀苍生之悲悯，诗是处江湖之远，南山之下与天地合一之境界。诗人姜诗明正是这样的一位诗人，你可以在茶楼食肆中看到其动情之吟诵，你也可以在海角天涯看到其对云彩的感动。理性与感性、庙堂与江湖、生活与心灵、现实与理想，亘古以来，诗歌不变的主题，无须纠结、无须痛苦、无须声嘶力竭的爱与恨，淡然之心境，入世之情怀，正是其灵魂之投射、心灵之历练的结果。

　　呷一口酒，听着窗外的蛙声，我知道，用不了多久，又有许多新的生命将会破水而出，蛙声阵阵，分明是说，乌云总会散去，一个晴朗的天空就会到来。

　　畅钟，独立学者，自由撰稿人。

序七

感悟秋水精神

杨丛阁

春夏秋冬自然往复，春有盎然，夏有曼妙，秋水纯粹，冬是静谧，天地与我们并生，万物为一，何谓"秋水精神"？是纯净，是淡泊，是从容，是平和，是豁达，是果毅，……姜诗明老师的诗歌里流淌出的秋水精神如泉一般惜细流入我们的心间。

作为八零后忠实读者，与姜老师所作诗文相伴十载已还，借此诗作成集之机，作拜读诗文后所获所感，与大家分享，期待共鸣。

秋水精神·清新悠远

这本诗歌集名为"一念遇见"，出自姜老师在 2013 年所创的一首经典佳作《紫泥之恋》，我个人非常喜欢，对我的影响也是极深的，"既然不能拒绝烈焰的迷恋，那就记住芙蓉出水的容颜，让刹那成永远……让你既沉醉且淡然，不求浮华耀眼，但求清新悠远，……一念，遇见，一瞬，千年。"诗中浓浓的禅意尽现紫泥的幻化与茶叶的蜕变，我正是因为读到了这首诗，才开始学习用紫砂壶烹茶品味，在这过程中也渐渐懂得了诗句中娓娓道出的人生滋味。

秋水精神·从容自适

与这本诗集"遇见"的我们是多么的幸运啊，因为读它我们可以去更多地方，认识更多人，经历更多事，懂得更多爱……姜老师是一位著名的电视人，每每读到他的诗作，我都会觉得文字变得立体、生动且富有画面感，不知这是不是电视人的"超能力"。我曾因读到《念西塘》，实现了人生第一次说走就走的旅行"打卡"，走在隔着"沸腾"和"宁静"的小巷子，有的"奔跑"有的"信步"与我擦身而过，"相识"于我，"浓情"于你，那杯"佳酿"把我变成了集"精英"和"贤淑"于一身的姑娘……彼时彼景在西塘，此刻此意却在心房，诗句自然明快，飘逸潇洒，那份从容自适的超然，洋溢着浓厚生命情调，正是望不穿的秋水啊！

秋水精神·壮志凌云

在姜老师的诗中，可读出人间的值得和热爱，无论是对事业、对生活，还是对人、对事、对物，他的表达明白如话，通俗生动，就如这首响彻天际的歌——《飞起来》，这首歌是姜老师与唱作组合阿里郎联袂打造。2012 年发生了许多关于"飞"的大事，神州九号成功发射升空国人飞天梦又圆；飞人刘翔征战伦敦奥运会，我国历史上第一届飞行大会在沈阳召开等等。诗词中，没有落俗套的讲"翅膀"、讲"希望"，而是用了几个带感的动词"冲"、"撞"、"怀着"、"带上"等把"飞起来"注入了征服荒野的雄心，向往自由的决心，执着追梦的恒心，于是，壮志凌云！

秋水精神·真实如你

人世间总有那么多悲喜我们无法承担，在读姜老师的诗中，我体会最深的莫过"真实"二字，笑就要笑的纯粹，哭就要哭的彻底，真实是诗中的留白，是用并不华丽的辞藻，并不难懂的语言，为所有人记录、发声，"真实"是讲述生活中小欢喜和大快活最生动的表达。

世界上的爱都指向聚合，唯有父母之爱指向分离，在读《给女儿的歌》时，我体会到老爸的"心慌"，突然泪眼婆娑……与生俱来的情感莫过于母爱，在《春天的告白》里感受母爱如《那时花开》永远不败。真实如姜老师，这本诗歌集《一念遇见》是他对生活的智慧，对岁月的慈悲，对人世的通达体恤。

秋水精神·心灵花园

秋水精神是生命中起承转合的力量

秋水精神是对美好的追求和向往

秋水精神是心容丘壑的豁达，是笔记山河的宏放

秋水精神是始终不舍希望与勇气，最终与更好的自己相遇

姜老师的诗歌春温秋肃，默化潜移，是他行走人世的姿态，是对爱与仁慈最生动的注解，字里行间没有文人骚客附庸风雅的酸，只恰如秋水一般，纯净、清粹。《感恩今生遇见你》，"将"秋水精神灌溉成"诗"，"明"晰世间——姜诗明，诗如其名。相信每个人的精神花园最后都会绽放出属于自己的一片颜色。

愿所有的"一念""遇见"都值得！

杨丛阁，资深策展人、乐评人。

目录

春天的告白

给最真实的你

一呼一吸

深深刻下珍惜

原生态

天工开物

游子吟

直到地球不再转身

春天的告白

让每一个难题却变成激动
让每一次呼吸却自带欢喜

心安处　人间天上

这个晚上不见月光

你我正好可以想着远方

细雨中可听见嫦娥

思念家乡的歌唱

月光一直在路上

月亮依然

还是远古时的模样

一刻不停　万里迢迢

不知疲倦送来光亮

才发现

人长久不过是个愿望

念故乡

湿了衣裳

月亮依然

还是远古时的模样

古月今照爱正流淌

那是久远的蕴藏

一念遇见　　十五的月亮

圆融美满的向往

转眼百年梦长

月光一直在路上

洒向大地洁白的光亮

回归满怀着喜悦

真正的爱　　力量绵长

红尘散落归寂时

心安处　　人间天上

2019 / 10 / 6

平安谣

心里有了那座山

目光就会安然高远

心若如那大海阔

前路就会超越平坦

心怀天下仁慈爱

生命就有喜乐相伴

相信爱　她是人生的罗盘

相信爱　她是扬起的风帆

有了爱　不会害怕山高路险

有了爱　从此彼岸并不遥远

让平安守着愿　虔诚会遇见缘

我愿是那座山

肩膀就是支点

撑起你的高　你的远

我愿是那片海

胸膛是港湾

驻着今生爱　前世缘

我们在一起就是山海相连

海会平坦　山更安然

大爱是山海牵着手

平安就是让心靠岸

2015 / 12 / 24

有妈的孩子不会冷

又是一个星期一

一大清早

老妈又发微信了

语音告诉我

儿子啊　外面有风

出门要穿厚一点才行

妈妈已经八十五了

平日妈妈常常唠叨

脑子不行了

健忘健忘

可天气冷了

她却记得

提醒儿子

"今天上班要多穿点"

在她心里

她的儿子依然

还是需要她呵护的

孩童

今天的北京

确实有点冷

我特意穿了件毛衣

迎着风

想着不经意中老去的母亲

滚烫的眼泪

也开始帮我抵御着寒风

不　不

今天一点儿都不冷

有妈妈的孩子

怎么会感觉冷

有妈的孩子不会冷

2016／4／11

不用说我坚强

我很年轻
我的故事还不长

那时候
一个三岁的小姑娘
其实不知道
鸟儿没有了翅膀
该有多么悲伤

那一年　调皮的我失去了翅膀
爸爸妈妈最痛苦
孩子该如何长大
他们最悲伤
担心当我懂事了
该会多绝望

今天我真的长大了

其实我很正常

我只是没有了臂膀

我也明白了

我真是个调皮的姑娘

我也懂得了

绝望　是人最容易做的事

不需要别人帮忙

是的　我常常需要大家帮忙

我觉得这很正常

和正常人一样

谁也不能抬起手

就能摘下星星和月亮

我只要做好

我能做得到的事

一切就是希望

事实上　我真的长大了

我真的很正常

你看我时

可以有异样的眼光

我也会给你微笑

你　你们

不用说我坚强

不用说我坚强

其实每个人都有自己的模样

我们都是一声啼哭来到这世上

谁也不愿白走一趟

不用说我坚强

偶尔的深夜

我也会痛苦　彷徨

有时候掉下一些泪

可谁也不愿总是在旋涡里悲伤

不用说我坚强

每个人都有自己的模样

你没看清我的翅膀

那是我正在飞翔

不用说我坚强

向日葵也没有强壮的臂膀

她的笑脸也总是灿烂向着太阳

不用说我坚强

相信完美的人生总在前方

心有暖阳就是最漂亮

每个人都有自己的模样

不用说我坚强

其实　天使就住在我们的心房

有爱　每一个生命都会绽放！

谢谢所有的善良

有大家的爱

相信我

庆瑶的故事

还会很长很长

2013／2／20

为无臂姑娘雷庆瑶而作

请忘记我曾是谁

孩子　我知道你是谁

可我总说不对你懂的那些词汇

可你看看我的眼睛

它是不是依然柔情如水

孩子　别为我流泪

生命就是这样　进退轮回

没有对与不对

无须悔与不悔

孩子　要知道

生活的苦难最好用微笑面对

轮椅上的乾坤也是人生的滋味

孩子　我知道你是谁

可我要说爱你的话语

却总是词义不对

你看着我的眼睛吧

是不是依然慈爱深邃

记住啊孩子

真的爱过的人生已是最美

别为我流泪

也告诉你的孩子吧

只要有爱和你相随

请忘记我曾是谁

2012 / 9 / 26

春天的告白

春天来了

尽管雾霾还在

那些花又会开

大地回暖了

万物依然苏醒

你是否还会伤怀

昨日那花已不在

春天就是开启未来

抓住最好的现在

不念那过去的事儿

它已不会再来

笑迎明天花开花败

没有无奈

我们的生活就是

就是要实实在在

春暖了这片天

花才又开

妈妈的爱如那时花

一直在

她的弯腰白发

皱纹刻着慈爱如海

春天总是要来

那花总是要开

春天就是开启未来

抓住最好的现在

不念那过去的事

它已不会再来

笑迎明天花开花败

没有无奈

我们的生活就是

就是要实实在在

能亲眼看着妈妈笑脸

还有什么比这更实在

活着就要大声说出爱

愿妈妈的笑如花常在

2014 / 2 / 23

观照

睁大你的双眼
不一定能看得通明
闭上你的眼睛
不一定就看不清

大雄宝殿
香客接踵摩肩
菩萨面前
情牵牵义连连
祈祷忏悔
各有所愿
抬头仰望
观佛陀总是那个表情
世间万千变化
他的表情只有一种
淡定庄严从容
照看众生

睁大你的双眼

不一定能看得通明

闭上你的眼睛

不一定就看不清

观照

牵万种情心所钟

一切苦厄驻心中

观照

心静心定心空

无心无明从容

观照

自在

心透明　乐无穷

2018 / 7 / 6

你的爱无可比拟

当孤城不能进出
当人们停下了脚步
只有你义无反顾
从四面八方冲进
疾疫肆虐的旋涡

在人们惊惧无助的时候
你温暖着世间的冷漠
在阖家团聚的时候
你放下了自己
去扶助那些生命的脆弱

其实你也是孩子
是丈夫　妻子
是父亲　母亲
你是普通的人一个
你的防护服破了

你精疲力尽

你也会害怕

没日没夜

没吃没喝

你也崩溃泪奔

可你却没有退缩

谁说过

从来没有救世主

泪眼模糊中

我分明看见

你是天使降临

在这被禁锢的城郭

是你

在危难之时

守护着

希望的种子

呵护着

那脆弱生命的花朵

此时此刻

我懂得了

在迷惘的人群中

谁的心才是

最坚定的火热

此时此刻

人们也看见了

大医精诚

仁心第一

你的爱无可比拟

2020／1／29

感恩今生遇见你

感恩今生遇见你

让孤独离我远去

每一个早晨都是神奇的

每个时刻都被宇宙孕育

蓝色的天空　翠绿的大地

牵着我的手

一切的一切

都成为一个整体

一切的一切

都贯通着灵气

让每一个难题都变成激励

让每一次呼吸都自带欣喜

感恩宇宙　感恩天地

感恩邂逅　感恩偶遇

感恩今生遇见你

2015／11／26

只要我还有老爸

这个清晨

我拨通了视频电话

老妈看见我

就喊老爸：

"快来看你儿子。"

老爸懒洋洋的

突然眼睛亮了

好像又感觉委屈

哭着脸问：

"儿子，你在哪儿？"

那语气就像个孩子

"电视里很多人都得病毒了。"

我说："我在家里，都好着呢。"

他似乎放心了：

"那我就再睡一会儿哈！"

姐姐说

爸爸大部分时候都在躺着

你该让他多起来活动

他最听儿子的话

老爸已经九十二岁了

已经走过太长的路

也许是太累了

于是我大声说

老爸，想睡就睡吧

您怎么高兴、舒服

您就怎么呆着

说句实话

只要，我还有老爸

我才不在乎

他像儿时的我

经常尿湿自己的裤子

2021 / 2 / 21

给最真实的你

什么情最无须道理，什么词最值得珍惜
什么人最深藏情义，什么话最充满力气

爸爸的天安门

天底下的爸爸

对孩子总是宠爱有加

不论是洪水滔天

还是地陷天塌

爸爸总会保护着他

有时爸爸也很严厉

我也很害怕他

等我长大了

才知道

当初他说的许多话，

怎么都是对啊

等我长大了

才知道

爸爸的话

是最真实的童话

天底下的爸爸

总是让孩子很崇拜的

好像他无所不能

又见多识广的

可等爸爸老了　走不动了

他才问起

雄伟的天安门有多高大

才提起来长城还没有爬

爸爸这辈子

一直陪着妈妈

支撑着我们的家

呵　爸爸

等我长大了　我才知道

这世上　真正的好汉就是爸爸

等我长大了　才知道

当初的我

是多么的不听话

等我长大了

才懂得

这世上

真正的英雄就是老爸

等我长大了　才知道

关于爱

老爸没说过几句话

我知道

爸爸的爱

和泰山一样坚定

爸爸的心

和大海一样广阔

我长大了　真的懂得了

真心的话

爸爸的天安门比天大

2014 / 6 / 15

父亲节

给女儿的歌

不愿意你长大　孩子

我的眼睛却已开始老花

我还没学会做个好爸爸

你已经和我说起了

很哲学的话

真不愿意你长大

我还在学习做个好老爸

真不愿意你长大

我的眼已经老花

真不愿意你长大

可我还没学会做个好爸爸

宝贝你已长大了

我那个没有门牙的小丫丫

你离我更近　还是更远了

我知道有一天

你会成为那家伙的新娘

这让我很是心慌

很是心慌

不愿意你长大　孩子

我还在学习做个好老爸

真不愿意你长大

可我还没学会做个好爸爸

真不愿意你长大

我还没学会做个好爸爸

唉

宝贝　你已长大了

2012 / 7 / 12

风雨中的你

我看见风雨中的你

只是个模糊的背影

一起一伏　　朝着希望奔去

你托起一个生命

又带着希望

向另一个绝望地游去

我不知道你是谁

他们都叫你英雄

把义高高举起的你

消失在烟雨里

我听见呐喊中的你

看不见你的身影

步履艰难中声声呼唤

不言放弃

把那些梦迷中人唤起

我不知道你是谁

却深深记下了你的义举

我刷屏遇见了你

深知你的焦虑

中原大地的悲歌

究竟为何而起

问苍天问大地

真相的意义不需问

只要世间有正义

它就不会沉入水底

风雨中有你

这是活着的勇气

风雨中有你

这是生命的意义

只要我们活着

就不要放弃

乌云总会散去

只因风雨中的你

2021 / 7 / 24

绿色因你而神圣

这世上　有一种职业既古老又年轻

这世上　有一种行走从古至今穿行

这世上　有一种责任守护这血脉畅通

这就是信使的光荣使命

我知道橄榄枝代表和平

我懂得绿色是青春的象征

我相信绿色孕育生机繁荣

所以每次遇见你心中就有一种祥和安宁

春天里

你衬托着百花争艳

夏日里

你会送来甘洌清泉

秋天里

你能让收获更满园

即使冬天

有你到来就会春意盎然

走过了四季的变换
丈量着山水的遥远
万水千山走遍
你的使命不变
手捧着温暖
传递亲友的思念

四季变换风雨兼程
你是风帆也是雨伞
唯有你的绿色不变
有你陪伴就生机无限

有人说互联网时代来了
你的绿色不会再鲜艳
可我仍想见你灿烂的笑脸
你是多少孤独老人的期盼
因为你不仅是信使送书信报刊
你还把邻里当亲人陪伴

有人说手机已经普及了

书信不再是信息时代的主演

可你又是民生调查员

你走街串巷问寒问暖

再小的百姓心声

也能让世界听见

在中国广袤的疆土上

你用坚实的脚步一站站一点点

让千万里的亲情永不失联

让亿万个家庭温情绵绵

有时你要身背肩扛　成为采购员

有时你轻言细语把信念　当起播音员

这就是你呵

中国的邮递员

也许此刻你又走在乡间

又要翻越那座山那些坎

你就是带着体温的心灵驿站

你早已是我们邻里乡亲中的一员

中国邮递员

世上有哪支队伍

如你们跨越万水千山

也把沟沟岔岔走遍

在这九百六十万平方公里国土上

你用脚步踏实了细密的网线

这可是有温度的情网呵

她会让有着无数个终端

被称为万能的互联网也汗颜

中国邮递员

中国的每个角落都有你的身影出现

你绿色的身影

代表着生活安宁

你是青春活力的象征

你见证这个国家走向繁荣

中华大地上这抹平凡的绿色

因为你们——中国邮递员而神圣

2014 / 9 / 29

我的朋友，老薛

在大阜宁新沟镇的一条老街

我有一个朋友　老薛

他有两个漂亮的闺女

都出嫁了

老薛变成薛姥爷

他的女婿很能干

也都孝顺

在他的老屋

他藏的老酒　老茶

拥挤成和气一团

我的朋友　老薛

浓密的眉毛下

大大的双眼皮

他个头不高

却是很有号召力

在这个叫新沟的老街

老薛的厨艺那是一绝

他的家经常高朋满座

饮老酒　品老茶　吟诗　论道

虚怀若谷

敢为人先

是老薛的哲学

我的朋友　老薛

是我的长辈

可他好像忘了自己的年纪

我叫他老爹

他喊我兄弟

我的朋友　老薛

大阜宁地灵人杰

我喜欢这里的一切

我的老爹

我的朋友　我的兄弟

老薛

2019 / 8 / 4

兄弟

什么情最无须道理
什么词最值得珍惜
什么人最深藏情义
什么话最充满力气

我们是兄弟　我们在一起
兄弟的情义　是如此美丽
我们是兄弟　我们在一起
兄弟的情义　正创造着奇迹

什么情最无须道理
什么词最值得珍惜
什么人最深藏情义
什么话最充满力气

我们是兄弟　我们在一起
兄弟的情义　是如此美丽

我们是兄弟　我们在一起

兄弟的情义　正创造着奇迹

有一种情义叫不离不弃

有一种活力叫我中有你

有一种声音叫不分高低

有一种亲密叫信赖无疑

啊　我们是兄弟

我们在一起

兄弟的情义　是如此美丽

我们是兄弟　我们在一起

兄弟的情义　正创造着奇迹

我们是兄弟

我们是兄弟

我们在一起

兄弟的情义　是如此美丽

我们是兄弟

我们是兄弟　我们在一起

兄弟的情义　正创造着奇迹

2010 / 12

为阿里郎组合成立十周年而作

致将军

我的将军叫硬汉

没有佩剑

他在不平静的海湾出现

他坚定的眼神

能扫去你心中的不安

哪怕面前是炮火硝烟

我的将军叫诗仙

没有佩剑

他炽热的胸膛就是亮剑

他智慧的光芒

让汹涌浪涛成诗篇

茫茫海疆浪漫依然

我的将军叫勇敢

他义胆侠肝　文武双全

不惧烽烟十面

我的将军性情憨

他侠骨柔肠

他豪气冲天

让大漠荒原也汗颜

我的将军英雄汉

无须佩剑

谈笑间剑已成犁

胸怀天下超越

难万千

我的将军就是剑

亮闪闪

唐蕃古道再扬鞭

那壮士之气概

你可看见

从西域到长安

那是将军的身影

那是汉武大唐风流现

2009 / 4

我如此幸运

看见现在上学的孩子

我常常会想

我是如此的幸运

在我懵懵懂懂的年纪

遇见的老师是您

您教我们最多的

不是算术　语文

而是不要驼背

要求我们

任何时候都要

挺直腰杆做人

看见现在上学的孩子

我常常会想

我是如此的幸运

在所谓"人生的起跑线上"

遇见的老师是您

您从不要求我

默写语录死记课文

更不用《古文观止》的标准

而是要我"读书不求甚解"

说人生有限

世上还有更多的未知

值得我们去探寻

看见现在上学的孩子

我常常会想

我是如此的幸运

在迷茫躁动的青春期

遇见的老师是您

你告诫自以为是的我

人生的目标

并非是解放世界上那

"三分之二的受苦人"

而是要把目光和爱

更多地投向身边人

您说

同学之间互相学习

才是面向未来和

更大挑战的根本

您告诫我们

要读好书更要行万里路

才会理解

何为"以天下为己任"

您经常要我们以

"天下兴亡，匹夫有责"

为题作文

后来我才懂得

您这不是教作文

而是引导我们

如何做人

看见现在上学的孩子

我常常会想

我是如此的幸运

那年参加高考

作文竟然是以

"先天下之忧而忧，后天下之乐而乐"为题议论

看见这个考题

我觉得我是

这个世界最淡定的人

我仿佛觉得

我已经跨入了大学的门

感觉我真懂得了

如何做人

其实从大学毕业到如今

我都努力在做一个

像老师这样的人

让遇见我的每个人

都能说

这辈子遇见的

都是好人！

2021 / 9 / 10

今生的最爱就是你

这夜你看了我手机

说　看看你收到了多少信息

想知道是谁把我惦记

我知道你这是对我在意

风风雨雨

当初甜蜜的情话

似乎都已忘记

平平淡淡

这世界没有两个人

如我们熟悉

累了才想起回家

痛了马上告诉你

烦了不讲理

病了也会耍娇气

这本是一个很平常的夜晚

锅里煮着面条青菜

切上几片红辣椒

粗茶淡饭也有烈火情人般的寓意

我大口大口吃下去

你静静地看着我

满头大汗淋漓

这个西方的情人节里

热辣辣的挂面

从我的嘴里呼噜呼噜进去

那句话

那个字

谁也没提起

好像很久很久

模糊了那个字的模样了

那是我们的身体

成了她的外衣

她一直在这里

这是上天早已注定了的事

你是我的情人

我是你的你

今生的最爱就是你

这是我没有用手机

发给你的信息

2013 / 2 / 14

我的船长

在渤海湾

美丽的海港

一颗硕大的晶珠闪亮

当你打开心房

它便奏起了欢乐的乐章

长长的车流

欢快地涌进你的胸膛

于是你庞大的身躯

满载着足格能量

驶向彼岸的希望

在渤海湾的怀抱里

我的船长

托举着渤海晶珠

不怕寒夜　不惧风雨

劈波斩浪

我的船长

擦拭着渤海晶珠

一路闪闪发光

如沐春风

驶向彼岸的希望

在深深海洋

我的船长

守护着渤海晶珠

锁定爱的方向

永不迷航

2019 / 7 / 31

真想亲口叫您一声大哥

真想亲口叫您一声大哥

满肚子的话要对您说

虽然我们非亲非故

想起您

我的眼就发热

那一天雨真大呵

天很黑　夜很冷

您心肠的火热

烫醒了我

真想亲口叫您一声大哥

您是身在异乡讨生活

为了妻儿高堂的好日子

您心里的苦从不说

那一天的雨真大呵

天很黑　夜很冷

您心肠的火热

烫醒了我

真想亲口叫您一声大哥

平日您在城市的角落沉默

危难时你的手把生命托

手上的老茧挡住了死神

脸上的皱纹大写着人格

那一天的雨真大呵

天很黑　夜很冷

您心肠的火热

烫醒了我

就想亲口叫您一声大哥

大哥——大哥——

2012 / 7 / 22

飞奔的小哥

摩托车、电动车
一路小跑
我们每天飞奔着
你的每次点击
方便了你
也成就了我的生活
我们是飞奔的小哥

我每一次一溜小跑
忙碌的你
能多一刻休息
为生活幸福奋力奔波
我们分秒不敢耽搁
你的每一个好评
都添加着我们的欢乐
我们是飞奔的小哥

我们不怕强风暴雨

冰天雪地

我们不惧

我们只怕你不知道

我们有多么努力

有的大门进不去

高楼的电梯也很挤

你的每一次点击

让我们欣喜

你的每一次点击

拉近了我们的距离

方便了你

也成了我生活的勇气

你的每一次点击

给生活添加了惊喜

我们是飞奔的小哥

我们传递着爱

我们让地球变快

我们一起奔跑

为了生活的美好

我是飞奔的小哥

2019 / 8 / 22
有感于几个外卖小哥的奔跑

给最真实的你

你是那么的神奇

多少人为你着迷

你是如此的神秘

多少人还不懂你

望你远去的背影

知道你遮挡着多少风雨

听你沉重的脚步

懂得你疲惫中依然坚毅

我要拥抱你

无论何时何地

你是我的唯一

我要最真实的你

你给我希望

你给我力量

我的一切

只给最真实的你

当我真的走近你

看你真实的模样

我知道这世上

最独特的就是你

有人说你

青春已随风飘移

脸上的沧桑便是印记

有人说

你胸膛仍激荡心绪

血脉里装的

尽是活力

我要拥抱你

无论何时何地

你是我的唯一

我要最真实的你

你给我希望

你给我力量

我的一切

只给最真实的你

2009 / 5

为纪录片《国情备忘录》而作

致女儿

我想给你写首歌
愿你一生都快乐
上天把你恩赐给我
让我生命放长歌

我要给你写首歌
你心里驻着个我
血脉把我们连一起
你就是我的下一个

我要给你写首歌
我的女儿必将超越我
愿你繁华似锦心如初
我化作春泥也喜乐

2015 / 7 / 12

你的肩头很重

在危急的时候

总离不开你的身影

这是记者的使命

突来的灾祸

人们在逆行的人潮中

又看见你在险中穿行

在艰难的时刻

你是世界的眼睛

你是瞭望台的警铃

你是希望之声

你的肩头很重

危难之际

你的话筒

你的镜头

你敲击键盘的手

托举着生命

面对苍生的疾苦

面对救死扶伤的仁勇

你的脚步沉重

你的良心会痛

你的肩头很重

千万双眼盯着你的背影

期待你无比忠诚

才能与真相同行

在人们慌张迷惘的时候

只有消灭谎言

人们才能有机会

与真正的病毒抗争

你的肩头很重

你不是医生

人们却需要你零距离

体察伤痛

你不是神明

人们却需要你的提醒

抚慰心灵

英雄要你赞颂

痛苦要你同情

人道需要你铁骨铮铮

你的肩头很重

嘈杂喧嚣的时代

真正的新闻

是仗义执言

守候正义和公平

你的肩头很重

你也会牺牲

你没有时间悲痛

即使四面楚歌

你也要杜鹃啼血

让人们听见最后

划破夜空的嘶鸣

你的肩头很重

人们会因为你

记住这个春天的

每一个瞬间

历史会铭刻你的光荣

一个记者的使命

在这凄冷的月圆之夜

我要祝你平安

与你相约

同唱《欢乐颂》

2020 / 2 / 8

好人赵赫

谁说这人间值得
那你为何
一转身就走了
匆忙得相约的那杯酒
都没有来得及喝
让我怎能不心痛
难过

你是一位好兄长
你总是深沉的脸庞
助人不动声色

你是一位好领导
面对工作中的困厄
总是走在最前面的那一个
你是杰出的电视主持人
但从没有明星范儿

憨厚朴实如邻家哥哥

在多姿多彩的荧屏外

你似乎显得木讷

那是你一贯谦逊低调

平易近人的品格

镜头前的你

又是一个思维缜密

为民请命的追问者

你啊，你是个好人

大家都这么说

荧屏内外数十载

你一身正气累累硕果

你刚刚走下荧屏

本该好好休息片刻

你却一转身去了天国

也许你又有了新的使命

好人，赵赫

此刻

我分明已经看见了

天上又多了璀璨的一颗

那就是你

好人，赵赫

如你的名字

是我们耳畔

永远不会消逝的

电波

好人，赵赫

2022 / 1 / 10

行囊里的信物

这半生陪你淡妆轻香
这古都陪你泼墨飞扬

生命之树

怎样的心情

白色的画布

不经意中

涂成了"小黑板"

春天里

不服输的性格

小草悄然

让大地有了生命的颜色

黑白从不偏向

火热的激情

让跳动的心脏

冲破　静止的时空

爆燃成一团火

让生命之树　顽强向上

活着

2022 / 4 / 4

第一次学油画记

永远是多远

你看这阳光多么灿烂

可熙熙攘攘的人群里

并非都是笑脸

是的　都说生活的路漫漫

人们追逐幸福到永远

可是　永远是多远

你看这大路朝天多敞亮

川流不息的形容

似传说的图像

是的　都说车轮上的日子时尚

人们知道回家路不长

可是　总是在路上

哎嗨　朋友

来　挥挥手

我们带上笑容上路

上路是为运输幸福

路堵咱心不堵

上路是游子在归途

终点就是那温暖的屋

人们都追逐幸福到永远

永远是多远

永远在心田

人们都追逐幸福到永远

永远是多远

永远在眼前

2012 / 9 / 27

高考

此刻一切安静了

汽车　脚步轻盈

听着淅淅沥沥的雨声

而许多心跳加速了

紧张或者激动

十年寒窗苦

只为这一刻

整个中国今天守候公平

每个父亲　母亲

爷爷　奶奶　外婆　外公

为此守候

仿佛那梦　就要苏醒

新闻报道说

大学毕业生就业难

难了经年

今年又是史上之最

金榜题名
虽已不是鲤鱼跃上龙门
也没有了咸鱼翻身的可能

既然梦已经开始
其故事是喜是悲
不论什么结局
生活总在继续

此刻一切安静下来
似乎所有的人都在守候
其实是在憧憬那个大梦
是在做相信未来的梦
是在向公平致敬

此刻中国很安静
高考　提醒我们守候公平

2013 / 6 / 7

东石看雨

你是夏日里的清凉

你是风雨中的彩虹

我不惧风雨

我不怕烈日

只因为那一次的邂逅

只是那一次不了的情

不在乎是否在风雨中

不记得是否阳光下有阴影

我只在乎你清澈坚定的眼睛

最心动　你逆风飞扬　漫天花瓣

最动情　你坚定的眼睛

那是东石看雨时

正逢西来的飓风

心跳个不停

不知何为清凉何为寒风

只念那漫天彩虹

从此我更懂了

什么叫经风洗雨

从此我更懂了

怎样才算美丽人生

2009 / 7

守望·远航

透明的天空

向往

我要飞翔

请给我一双雄鹰的翅膀吧

坚强

曾经的时光彷徨

我不会忘

请赐我一双智慧的眼睛吧

明亮

资本的欲望

成长

我要健康

让真诚的种子都结出硕果吧

方向

市场的海洋

跌宕

我要高尚

让我们撑起希望的风帆吧

远航

公平的利剑

闪光

我要擎起

让我们祈求正义的力量吧

阳光

梦想的明天

辉煌

我要护航

让我攀上高耸的桅杆之上吧

守望

2010 / 5 / 4

听听

你说你想要逃离

纷乱的讯息让人抑郁

如果有个忠实的旅伴

再远的路也不是难题

彼此相知彼此相悉

那实在是运气

从此不再害怕

从此不再焦虑

随时随地

在一起

听听 *From Me*

你说你哪也不想去

痴心地接收爱的频率

如果那份真爱属于你

一切都不必刻意

彼此相依彼此相惜

那一定是天意

不必追逐不必苦恋

随心随意不分离

听听 *From Me*

2021 / 8 / 1

相信的力量

谁不希望

让一日三餐　真能吃得都香

让生活远离　欺骗悲伤彷徨

谁不希望

仰望上苍　星空蔚蓝心神往

相信诺言　金子心从不走样

现实常常让人有些神伤

身边那些熟悉的陌生人

许多曾经的热忱

变成事不关己的沉默

我还能做些什么

难道世界就是这样

真的对一切不再相信了

这世界将会怎么样

可我还是不愿

不愿失去心中那份善良

相信这世界无论怎样

都是我们自己的模样

不要管别人怎样

只要你相信

相信会改变一切的一切

一只微弱的萤火虫

不也在释放着自己的亮光

只要你相信

不论你是撇我是捺

只要简单干净的两笔

人就能立在这大地之上

总有一天你会明白

相信的力量

只要你相信

正义终究会扫除阴霾

相信的力量

就是穿透一切的阳光

2013 / 2 / 25

飞起来

Fly Fly Fly

飞起来 Like a bird

Fly Fly Fly

飞起来　Across the land

向着理想的高处

冲进苍穹的纯净

生命是一切的

自由是一切的梦

怀着激情来穿越

带上智慧去远行

快乐是一切的

自由是一切的梦

向着理想的高处

冲进苍穹的纯净

生命是一切的

自由是一切的梦

怀着激情来穿越

带上智慧去远行

光明是一切的

自由是一切的梦

撞开愚昧与羁绊

牵手日月和星辰

飞起来　飞起来

Fly Fly Fly

飞起来　Like a bird

Fly Fly Fly

飞起来　Across the land

Fly Fly Fly

飞起来　Freedom is a dream of all

Fly Fly Fly

飞起来　Dream of all

2012 / 5

为首届飞行大会而作

真的来过

长长的山坡

我已经走过

以为总会走到山顶

曾不敢让时光蹉跎

总听说风景在最远处

也曾任凭路边的些许诱惑

走着走着

才发现妙峰何其多

来路为哪个

好像没人和你细说过

回望那一刻

才懂得

已经错过许多

命运是一个坐标系

落脚在属于你的象限

已经是上天给你最好的选择

也许

到那天我真的服老了

再也走不了多远了

想想这辈子

全心全意地爱过

努力过　痛过　错过

拥有过　失去过

相信过　珍惜着

所有这些都真实的

就算没白活

我会很骄傲的

这世界　我真的来过

2013 / 12 / 10

行囊里的信物

还没来得及庆祝

就已经匆匆上路

总以为

肩上的行囊里面

装满了甜蜜的礼物

怀着希望从此走上坦途

还没来得及孤独

就已经匆匆上路

总以为

思绪汇聚的时候

就能收获到满足

挺起胸前行不怕雨雪雾

还没来得及倾诉

就已经匆匆上路

总以为

生死别离的痛楚

终究可以结束

相信

付出是种下硕果树

百草尝尽

神农求药

是否能医得千年众生苦

艳丽蝴蝶

彩翼舞动

是否还记得前世蜕变痛

参天大树

昂首迎风

是否还记挂大地情深重

还没来得及倾诉

已经踏上征途

还没来得及孤独

已经踏上征途

还没来得及庆祝

已经踏上征途

征途　征途　征途

撒下一路的美景

行囊里揣着

虔诚的信物

2012／10／4

为系列片《国企备忘录》主题歌

医者说

你的苦我知道

谁也不愿意

和病痛相邀

你遇见我

不是前生约定

我遇见你

是我的选择

你以性命相托

给我以骄傲

我以我所能

还你和亲人欢笑

我想给你安慰

我必给你最好的治疗

我和你一起周旋

命运和我们开的玩笑

事实的真相

一点都不好笑

生命太脆弱

最好的药

也不能长生不老

再高超的手术技巧

留下的伤痛也难忘掉

我想说

敬畏生命

人生这堂课

我们是同学

苍生大医

含灵巨贼

自古就是两条道

我给你安慰

我必给你最好的治疗

希波克拉底的誓言

依然有效

我和你

爱与责任

没有分别

每一个生命

都同等重要

2019 / 8 / 19

感知中国心

不用问

你知道我知道他知道

我们是彼此的需要

无论是渺小还是崇高

要让万物都有生命的信号

要让海涛唤醒寂寞的小岛

不用问

你知道我知道他知道

我们是彼此的依靠

无论咫尺近还是天涯遥

要让阳光照亮世界每个角落

要让心灵删掉孤独这个词条

不用问

你知道我知道他知道

我们是彼此的需要

我们是彼此的依靠

让我们手拉手分享彼此的温暖

感知中国心

拥抱真实的美好

让我们心连心传递彼此的心跳

感知中国心

创造世界的美妙

2012 / 1

你过得好不好

谁也不会怀疑这个预言
过了今天是明天，每天都是最后一天

回家吃饭

你还记得吗

年少的时候

妈妈站在家门口的呼唤

回家吃饭

回家吃饭

听着呼唤

我们就像小鸟归巢一般

回家吃饭

回家吃饭

跑回家捧起热乎乎的饭碗

看着妈妈的笑脸

回家吃饭

回家吃饭

无论碗里盛的什么

都无比香甜

回家吃饭
回家吃饭
那滋味直到今天
还常在舌尖浮现

我们长大了
回家吃饭
回家吃饭
早已成了遥远的呼唤
习惯了中西的快餐
吃饭也变成
生活流水线的一段
尝过酸甜麻辣鲜
可妈妈的味道
还是最最地怀念

回家吃饭
回家吃饭
妈妈的呼唤

成了记忆中最最美好的甜

回家吃饭

回家吃饭

都说生命是个圆圈

哪里还能

找回那最初简单的滋味

回家吃饭

回家吃饭

妈妈的味道

永远都会怀念

2015 / 1 / 19

完美假期

天降假期

憧憬那期待已久的艳遇

你千里飞驰

迫不及待地钻进

古城的巷子里

丢下行李

却冲进艳阳下的摇椅

晃荡着自己

呆呆地盯着影子出奇

是不是

从来都能这样

单纯的色彩

极简的形体

难道这就是艳遇

没有面具

简简单单的你

傻傻地晒晒太阳

本来的自己

不期而遇

真正的完美假期

2014 / 11 / 11

过小年

天上有没有人间
你家里是否住着神仙

过小年了
妈妈会点炷香
默默地念
她说小年可不简单
天上有人间
凡间通着天
家里就住着神仙

她很认真
腊月二十三
家里的灶王爷
就会上天进言
汇报你一年的表现
要点炷香

烧纸钱

给他老人家带够盘缠

他才会带够请柬

请列祖列宗回来

一起辞旧岁

欢欢喜喜

护佑全家平平安安

过大年

是啊　过小年

原来是敬天敬地的时间

那你也点炷香吧

袅袅绵绵

送出你的心愿

只要是虔诚的善念

神明就会听得见

2016 / 3 / 1

西单女孩

那一天　我离开了家
我不知道　我要去哪
我走进了都市的繁华
这里比我想象更大

那一天　我离开了家
走过了长长的路
在车流的岸边
斑马线密密麻麻
我却不知道
路的尽头在哪

那一天　我离开了家
听说了条条路都通向罗马
我却思念着奶奶
惦记着爸爸妈妈
那一天　我离开了家

我知道　我已长大

经常会想

这城市在乎我吗

可我已经走进了它

那一天　我离开了家

我知道　我已长大

像一匹迁徙中的斑马

再大的河也要蹚过它

那一天　我有了这把吉他

它成了我心声的表达

我是西单女孩

琴声伴我天涯

自在行走天下

2011 / 2 / 21

早餐哲学

对我来说

这个星期一的早上

有点偶然

居然慢吞吞地吃了早餐

一杯热咖啡

一块三明治还多加了鸡蛋

望着窗外朝阳下

急速流进地下的人们

突然感觉

这个早晨活得很有仪式感

好像我第一次看见

食物的色彩

第一次端详她的质感

感觉到了咖啡的温度

由热烈到冷静的自然

这过程

让我感觉到了时间

她变慢不再那么值钱

不

时间就是金钱

没人怀疑过这个理念

所以必须匆匆赶路

上学上班

迟到会被罚款

于是

这样的早餐司空见惯

大学里

一个馒头夹着腐乳

边走边吃边看

今天的教室是哪一间

上班族

无论食堂还是街边店

凉的热的或稀或干

一律风卷云残

放下筷子就跑

好似欠了老板的钱

忙碌的一天正片开演

绞尽脑汁的创意

煞费苦心地

上下左右里里外外

周旋

终于下班了

又是一路追赶

回家做饭盘点孩子作业

你没有时间说累道烦

心里还感恩

今天没加班

很快就到了晚七点

马上再把正能量加足加满

连这个时段的广告都看

这个时间最值钱

这之后呢

家里家外　柴米油盐

职称　工资　追剧

八卦　情话　床单

时间有限不能保全

只好硬着头皮选

没准你又担心起了

假如明天来临怎么办

还会暗自庆幸

自己不在阿富汗

人生路漫漫

一天也很不简单

突发奇想

父老乡亲们啊

为什么我们要这么赶

为什么我们不能晚点上班

老话儿说

一日之计在于晨

如果一顿早餐

都吃不出个仪式感

怎么更有理性和心情

好好计划这美好的一天

老话儿说

一年之计在于春

如果春天的播种

就大撒把随便

秋天的收获

一定是一堆贱货

稀烂

朋友啊

好好让自己的早餐

有点仪式感吧

让时间值钱

因为生命有限

2021 / 8 / 23

书香生活

沏上一壶　清茶

邀一场　庭院夜话

我们把琅琅书声　当歌

让诗书文墨　穿越　岁月长河

这是多么美的

书香生活

架起一堆　篝火

添一把　知识柴火

我们把绵绵的思绪　当歌

让贤哲经典　激荡　智慧电波

这是多么美的

书香生活

读书万卷行万里

纠结时有书相伴

前路不迷惑

读书万卷行万里

得意处书做知己

日子真快活

书香生活

书香生活

大美　书香中国

2019 / 9 / 3

你过得好不好

你过得好不好

我想知道

虽然有些渺小

我也想问

世界为什么还不够好

你过得好不好

我想知道

虽然我不是英雄

我也想问

天下何处存着真道

你过得好不好

我想知道

虽然我不是侠客

我也想问

乡邻怎样活得更好

你过得好不好

我想知道

虽然我不是圣贤

我也知道

美好需要双手创造

你过得好不好

我想知道

虽然我微不足道

你可知晓

家国在我心底里

是一样的重要

2009 / 11 / 26

你我在彼此心上

我看见你深深凝望

此刻我们携手彼岸方向

椅轮圆

满怀的欣喜欢畅

你是我的力量

你我在彼此心上

我听见你叮咛回荡

此刻我们信步斗室厅堂

情正浓

深深的爱在流淌

你是我的方向

你我在彼此心上

只因你在我心上

每一次触摸心房

都让我心怀激荡

平淡日子也会浓墨飞扬

只因你在我心上

每一秒血脉相通

都让我点滴不忘

苦乐年华你我共同分享

不想忘

不能忘

不会忘

你我在彼此心上

2021 / 9 / 19

有妈就有家

老妈又来了电话

问我过年啥时回家

她要给我包

我最爱吃的芹菜饺子

我告诉她

今年情况特殊

领导鼓励过年不回家

妈妈说

好！那要听领导的话

妈妈又说

你过年回来

妈妈还给你包

你最爱吃的芹菜饺子哈

我又大了点声

告诉妈妈

今年春节

儿子不能陪爸爸妈妈过年

疫情严峻

今年单位不放假

妈妈一直很听领导的话

她说　这样好

你就在单位好好干吧

过年你回来

我还给你包芹菜馅的饺子

我大声说

好——

妈妈今年九十了

能和她有这样的对话

我已经很知足了

是啊　有妈就有家

有妈妈的牵挂

做儿女的心里

天天如在家

妈妈又说

今天腊月二十八

那你哪天回来过年呀

2021 / 2 / 1

告诉你我的孤独

我想告诉你

我的孤独

都说一个人的日子

很难熬的

其实这是对孤独的一种态度

就像有的地方夜不闭户

有的人害怕夜里走路

独自一人的时候

你可以读一本好书

那也可以是孤独的一个人

在深夜里呕心沥血地倾诉

见字如面

那也可以是一个长者

他把沉淀了一辈子的经验

向你娓娓道来

让你不由得审视自我

那也可以是一个古希腊的哲人

穿越时空与你面对面

告诉你悲剧的诞生

又是怎样被不断地重复着

那也可以是一位癫狂的诗人

告诉你把酒临风对酒当歌

放浪形骸随意自我地活着

何尝不是一种生命的洒脱

那也可以是一本爱情小说

让你懂得所谓铭心刻骨

爱恨情仇

大多都是传说

让你痛不欲生的缠绵悱恻

也大抵是瞎编的

所以人不能按照小说

和剧本过活

所谓爱情根本就不等同爱

说爱是门艺术的

那也一定是把爱当成了

一项技术活

没有爱的日子是难过

但爱是要有能力的

学会接受爱也是一种美德

我告诉你

我是孤独的

其实只是在说

当下家里只有我一个

这个陋室很狭小很安静的

但我的大脑一直运动着

她的空间却很辽阔

我仿佛听见我的心跳

感受着我的血是热的

所以我是快乐的

我告诉你

我依然想爱

我依然能爱

这样的孤独

是一种只有自己

才会懂的快乐

我要告诉你

我的孤独

其实是一种快乐

这就是今天晚上

孤独的我

想要

告诉你的

2021 / 2 / 16

一呼一吸

我们记着你走过，你便是永生
我心里凝固着你的笑容
你就永远年轻

天与地

每一次心跳每一次呼吸

是天地互动信息

每一棵小草每一条小溪

都顽强伸向天际

坚定向大海奔去

天地共创着奇迹

那些生生不息多少传奇延续

世间万物都是天地的情意

那些生生不息多少传奇延续

再大写的人也不够万分之一

天与地

因我们心动因我们呼吸

这世界才有美丽

有小溪欢腾有小草翠绿

这世界才有美丽

坚定向大海奔去

天地共创着奇迹

那些生生不息多少传奇延续

世间万物都是天地的情意

那些生生不息多少传奇延续

再大写的人也不够万分之一

天与地

坚定向大海奔去

天地共创着奇迹

那些生生不息多少传奇延续

世间万物都是天地的情意

那些生生不息多少传奇延续

再大写的人也不够万分之一

那些生生不息多少传奇延续

世间万物都是天地的情意

那些生生不息多少传奇延续

再大写的人也不够万分之一

天与地

2010 / 5

为"6·5"环境日而作

静夜的美妙

静夜是孤独时

最好的佐料

让人放空内心

不急不躁

静夜是苍穹

繁星点点

让渺小的你

也能顶天立地

与星辰相邀

静夜是周遭的黑暗

前景暗淡

心明眼亮的你

回看自身的心境

静夜是若明若暗的烟火

与书房台灯交相辉映

静夜是缕缕升腾的香浓

成就了我这美妙时刻

何须他人懂

2021 / 8 / 3

民谣

听着哼着

他们说这歌是民谣

我觉得我是鸟笼里

唱歌的鸟

心已经顺着秋

上了南方的路

眼前却是围观的

知更鸟

围着我叫

这不是报春的时候

我给他们微笑

我知道

我不快乐

他们会很烦恼

抽支烟

喝上一支白色的啤酒

昏暗的灯光里

流浪的心

好像也开始逍遥

两行眼泪却自然流下来了

我知道

生命里的不如意

用不着悲伤

上帝的骰子

怎么能哪次都一样

民谣一直在唱

诉说着生活的过往

那里的

和我的不太一样

这是年轻渴望老去的调调

他不会懂我在老照片

寻找

弹指一挥间的微笑

2017 / 9 / 18

宣武门 2017

宣武门内外

比以前有点冷清

街边的门有的变成窗

那老街坊的豆汁

依然那么纯正

喝上它得转几个胡同

北京北京

出门遛鸟

本是老爷们儿的营生

一碗豆浆一根油条

就是美好的人生

多少年

他们就在这住着

邻里街坊都是那么的平等

有一天

胡同那边成了财满城

那些孩子突然成了富翁

那豆汁　江南的包子

馄饨一碗热气腾腾

小米粥精品最养生

麻辣烫一顿是一个月的葱

宣武门本是英雄回眸

一碗馄饨

就让你醒了又醒

宣武门还有没有它的作用

东西两侧

只看你是哪一种

北漂一族爱北京

东南西北奔忙

地下地上还有胡同

老北京的包容

北京人的淡定

见多了真真假假

看过不知深浅的起哄

他们担过道义

打抱过些许不平

如当年义和团的义气

东交民巷那条胡同

烟消云散的

不见云烟

供人瞻仰的

是水泥做的牌楼

仿秦砖汉瓦古董

一切都不属于生命

宣武门留没留下缩影

剩下那个地名

是否属于止戈而胜

天下理想的战争

属于孙子

属于我们的祖宗

穿越宣武门

有一种痛

有一种希望

飘荡在夜空

2017 / 7 / 27

大望路口

我家住在大望路口的那栋楼上

每天都看见路上的人

匆忙

东西穿梭

南来北往

每个人都在奔向他想去的地方

每当夜幕降临

高楼林立灯影里

人群熙熙攘攘

车流纠缠不清

想回家的人道阻且长

大望路大望路

这个富丽堂皇的街口

那疲惫人的家

在一个叫燕郊的地方

大望路大望路

这是一个梦想者的驿站

彷徨的人也在街上游荡

我家住在大望路口的那栋楼上
这里的道路两旁
曾经长着高大的白杨
清晨有鸟儿和车铃的交响
如今却是发动机全天高亢
夜晚这里灯火通明如白昼

这是个富丽堂皇的街口
疲惫的人路过这里
依然朝着家的方向
大望路大望路
这是梦想者的驿站
彷徨的人也在街上游荡

我家住在大望路口的那栋楼上
希望每一个追逐的人
都能找到属于自己的安稳的床

2021 / 7 / 31

阴盛阳衰

这冷飕飕的风停了
寒冬里的太阳
慢腾腾驱赶着
阴湿的空气
让阳气升起来

快让阳气升起来
中医大师说
病毒不可怕
可怕的是
阳气不足
体内寒邪来
快把阳气升起来
彰显英雄气概
就能把病毒打败

阴阳成世界

阴阳先生能否说清

谁人命好哪个命坏

说阳的好　阳刚之气

阳刚之美

可突然来了核酸检测

阳性

有病没病

都让你匆匆的脚步暂停

假如是阴性

疲惫的脸上就有太阳升

阴阳两边谁好　哪边坏

都说

现在社会不太好

有些阴盛阳衰

可这个"阳性"却能

把一村　一城

甚至

一省　一国燃起来

阴盛阳衰

是好还是坏

阴盛阳衰

大千世界芸芸众生

阴阳从来就分不开

别指望阴盛阳衰了

有道是苦尽甘会来

2021 / 1 / 14

跨年感想

跨年的时刻

不自觉地盘点

是否兑现当初

许下的愿

扯下最后一页日历

一切的昨天

再也不会改变

昨天的我

今天的我

已经分手了

一个在默默地感恩

一个在祈祷中前行

不需理会远方有多远

每一天都心存善念

每一步都心甘情愿

该来的让它来

该去的自会去

天地间

尽情地去爱吧

除此都是浪费时间

2016／1／1

居家"隔离"素描

要不是因为疫情
浮躁的现代人怎么能
二十四小时宅在家中

因为疫情
我被居家"隔离"选中
宅在家里
忙碌的日子
像一座突然停摆的钟

再也不用抱怨城市的交通
平常放不下的事
没有我也一样在运行
我不再内疚
连难以启齿的托词
都不用

原地踏步中发现

奔忙中的亲朋好友

给了我更多的温情

把我的心里胃里

装满了感动

少了喧闹嘈杂的市井

少了言不由衷的强撑

我可以伴着音乐看书

也可以在朋友圈里

聊聊人生

当然

我还要按时测体温

报告社区

自我感觉良好

在屋里漫步

写写字

哼个小调

打开万兄、大张和小吕寄来的家乡味道

吃着老唐兄弟闪烙的馅饼

泡上普洱喝点红的绿的

眼前这一天一日

还挺惬意

环球四下望去

居家的日子里

风景还就这边独好

看看大的

国家经济创了百万亿新高

说说小的

家里的每顿饭菜干净可靠

少了酒桌上豪言壮语的江湖义气

多了些亲友淡定平和的慢聊

孤独寂寞的时光

不经意中流掉了

没有疫情的时候

人们常常贴得很近

也不用戴口罩

那些社交圈的

"假面舞会"看似热闹

面具后面的孤独、寂寞

又有多少人不知道

其实简单的生活

谁都想要

我的居家"隔离"素描

2021 / 1 / 29

那时花开

春天是开启未来

多少人心生感慨

八十岁的老母

听着新年的脚步

笑着说钟声又敲响了

那时希望孩子

都有一个好的未来

她的笑脸很灿烂

在这寒冷的冬夜

也如那时花开

眼前的烟花斑斓耀眼

转瞬如泡影不再

留下默默的祈祷

愿妈妈的笑

如花常在

对孩子来说

母爱永远不败

一如那时花开

2013 / 2 / 13

我爱星期一

To be or not to be

我爱星期一

生命本来就是奇迹

需要有光

于是就有了光

道生一　一生二

常识　真理那里

天会起风　也会下雨

To be or not to be

我爱星期一

生活中会有困苦难题

否极泰来

于是柳暗花明

二生三　三生万物

老生常谈是真谛

天会变晴　雾会散去

To be or not to be

我爱星期一

希望是光

是信仰

是行动

奇迹总在这里

决定的是你

我爱星期一

我爱路边的野草

我也爱这

街头的拥挤

又一个惊喜

2021 / 10 / 18

一呼一吸

这一疫
把你困在这里
时光已经远去
依然有许多不能释怀的
时而悲时而喜
其实不属于此时此地
也不属于我

看不到头的疫情
让人出不去
我依然走了很远很远
天南地北　过去将来
那些记忆　那些向往
其实也不属于此时此地
也不属于我了
那我是谁　在哪里

看来

活在当下并不容易

因为我常常不在这里

既然

一切过往

一切将来

都不能攥在手里

眼下的

一呼一吸

当足够令人欣喜

在意

2021 / 7 / 13

从来就不是传说

命运是一个坐标系，
弄明白你属于你的象限，
也许是上天给你的最好选择

老妈的奖章

记得我小的时候

妈妈总是很忙

每天上班

还会做很多衣裳

不论工厂还是街坊四邻

起早贪黑红白喜事

似乎都是她的主场

一辈子不辞辛劳

也没"入常"

大家也都记得她的热心肠

她也是最好的家长

每个孩子都常常受表扬

妈妈一直忙着

也受过很深的伤

在那个火红的年代

她的热心肠

也帮了"地富反坏右"的忙

如今她已走不动了

每天看着七点里的辉煌

耄耋之年心里也满怀希望

她最希望她的每个孩子

每天都能好好吃饭

身体棒棒

都跟国家一样的富强

她说她一辈子默默无闻

也没帮上国家什么忙

新中国七十年大庆

上级也给她发了一个奖章

她双手合十

笑得咯咯响

感谢政府感谢党

八十八岁的老太太了

人家也没把我忘

如今儿女都长大

我这老一辈子

好像没白忙

真是国家强大了

咱老百姓也能辉煌

看着妈妈的笑脸

让人不由得想

什么叫初心不忘

共和国的史册上

老妈的奖章也闪亮

2019 / 9 / 26

北京榜样

千万人中你很平常

你我常走在同一条街巷

这生活因你淡妆轻香

这古都因你浓墨飞扬

千万人中你很平常

你是我的邻里街坊

你的智慧闪耀着

生命中幸福之光

你的爱心传递着

平凡中伟大力量

北京榜样

就在我们身旁

没有勋章也一样闪亮

没有光环也温暖四方

这就是平凡中的伟大力量

北京榜样

就在我们身旁

这是生命中最坚实的臂膀

这是千年古都最火热的心肠

北京榜样

就在我们身旁

北京榜样

北京榜样

北京力量

2011 / 3

为"北京榜样"评选活动而作

最帅的逆行

水火无情

面对突发的危机

其实最明智的选择是逃生

无论不可避免的慌张

还是淡定

对一个人来说

生命只有一次

瞬间选择的成功

意义会有天大的不同

你可以从三百六十个方向

以最快的可能远离危境

逃生　　逃生

这从来都是人的本能

这也是对生命的珍重

你是父亲　　母亲

你是儿子　　女儿

你是老师　学生

你是活生生的生命

每个人都是这世上的唯一

每个人都是挚爱亲朋

"不立危墙之下"

也是祖训中的德行

然而一旦灾难来临

对你却是一道命令

你是消防员

你是战士

你是医生

于是

灾难面前

你又会坚定地

成为一道悲怆的风景

让人揪心感动

那就是面对危难

你不是逃生

而是逆向而行

于是

我悲愤的泪花里

闪现了生活中

最帅的逆行

2015 / 8 / 12

爱在东方

遥远的东方

古老神秘的地方

那是每个新的一天

太阳升起的方向

爱在东方

这里可是龙的故乡

这里人们有黄河长江滋养

中华这棵参天大树

祖先这根不忘

这片神奇的土地曾几多沧桑

多少美丽传奇源远流长

那太阳神鸟的翅膀久远清晰

那都江古堰从不屈服地屹立

给我们的是无所畏惧的勇气

东方自古多情义

这里有太多的记忆抹不去

这里有太多感天动地的事迹

这里好像不知道畏惧的意义

这里有的是不停歇的动力

爱在东方

黄河长江奔流不息向东方

东方升腾的是温暖和光亮

爱在东方

黄河长江奔流不息向东方

东方传来的是希望和力量

爱在东方

让我们拉起手向着明天的方向

爱在东方

让我们握紧手结成雄起的力量

爱在东方

让我们举起手撑起这新的希望

爱在东方

让我们伸出手拥抱明天的辉煌

爱在东方

太阳每天都升起

东方天天有奇迹

2010 / 5 / 12

家乡的大河

据说家乡的这条大河

从唐朝起就被称作

鸭绿江的

她真的出了名

是因为多次被写进了歌

"一条大河波浪宽"

上甘岭的战火

英雄赞歌

也唱红了丹东

让这个边境小城

也辉煌过

千百年来

这条河一直默默地流着

听长辈说

江上曾繁忙地漂过木筏

船工号子也如歌

可惜

我不曾见过江帆渔火

小时候光屁股野游的时候

常常能听见

江上传来

整齐划一的颂歌

如今

江岸建了亭台楼阁

战火炸废的断桥

也引来了八方宾客

江边的老屋

都变成高楼大厦了

安东老街

也成了商业楼里的景色

夜幕降临的时候

江岸街舞欢歌

我也喜欢

街头烧烤的人间烟火

不知道

她能否燃尽

这个英雄的城市

转型中的痛

和寂寞

相比这边的灯红酒绿

江对岸黑漆漆的

也许这神秘的夜幕

藏着强烈的欲火

积聚着惊世的花朵

开放的时刻

至少

这边的人也是很期待的

一江之隔

即使"一步跨"的风景

也是两个不同的国

这边也许有人说

那边生活还艰苦

那边有人说

这边的乐也不是真的

是苦是乐都是日子

是苦是乐也只有自己懂得

家乡的这条大河

只是听着

默默地流过

从唐朝开始

她就叫鸭绿江的

2021 / 4 / 10

从来就不是传说

春天的和风送来一行白鹭飘蓝天

吉祥丹顶鹤

夏日的暖风拂面绿野千里绣花带

最浓黑金色

秋天的劲风陪伴顶天立地开拓者

吟唱正气歌

冬日的寒风盘旋激情岁月无惧色

敢叫天地阔

从来就不是传说

一撇一捺的人一个

只因有份担当肩上搁

就成了大的气魄

从来就不是传说

一撇一捺的人一个

只因有份担当肩上搁

就成了天的基座

从来就不是传说

秋天的劲风陪伴顶天立地开拓者

吟唱正气歌

冬日的寒风盘旋激情岁月无惧色

敢叫天地阔

从来就不是传说

一撇一捺的人一个

只因有份担当肩上搁

就成了大的气魄

从来就不是传说

一撇一捺的人一个

只因有份担当肩上搁

就成了天的基座

感叹千古多少事

最美天地人相和

2012／6／2

为"中国合唱节"而作

月季中国

你是娇艳的花

你也有诱人的婀娜

可你并不矫揉造作

你有华丽的容貌

更有挺拔锋芒的性格

无论春夏秋冬

四季里任何时刻

都有你多彩的姿色

你装点长街如花河

你让这片深沉的土地

月月红装

迎风婆娑

有人称你是

花中皇后

是的

你雍容华贵

但绝不贪恋深闺的富贵娇娥

乐于成就外面的世界

更加精彩的景色

平凡人家

乡村院落

野外荒坡

每一个微不足道的角落

都因你的盛开朝气蓬勃

你自远古就飞花远播

无论在欧罗巴还是阿拉伯

无论亚马孙或密西西比河

你与玫瑰蔷薇难分你我

携起手在一起

诠释着人间的一切真情

更把纯洁的爱寄托

这就是那月季花

来自古老的中国

她历经数千年花开不败

把爱在五大洲传播

我要赞美你

中国的月季花

我更要赞美你

月季中国

2016 / 5 / 13

汉马

阳光洒下草金黄

祁连山下

千年山丹牧马场

骏马悠然

一片和平

遥想回望大汉时光

将军征西披靡无敌

威武雄悍

幻听得战马嘶鸣成乐章

与汉乐府歌成交响

当下细思量

不闻马蹄疾驰

阵阵秋风却挡不住

一小岛传来的细碎声响

有人无理起风

却要掀九尺浪

谁人更汗颜

真想让霍去病再跨马抽剑

仰天嘶吼

汉武雄风今在何天

我正俯首待扬鞭

2012 / 9 / 14

家父远寿大人九十上寿记

家翁生于小除夕

星移斗转古来稀

如今担纲"九〇后"

当初少年变老叟

感恩上苍赐远寿

多事之秋亦不愁

积善人家遇好邻

四世同堂乐天伦

2020 / 1 / 23

猫腻

纠结时有书作伴不迷惑、
得意处书砍知已真快活

排行榜

世界上最早的排行榜

一定出在历史最长的东方

百家姓当数天下第一榜

赵钱孙李

是这份榜单的第一行

姓氏标记着祖先的血脉

在你的身体里流淌

你的名字里

常隐藏着前辈的希望

所以武二郎说

行不更名

坐不改姓

是大丈夫的敢做敢当

也是对先辈的敬仰

史上曾有多少

不肖子孙

隐姓埋名

血脉依然纯正

令祖先颜面闪光

当然

自古也有不少更名改姓的

却还是那副铁石心肠

你从哪里来

是生命的本能

轮不到你费思量

该来你就来了

你怎么去你想去的

或是

不该去的地方

历史账本都会记上

不论你说你姓张

还是姓王

2016 / 2 / 20

甲午端午

2300年前

那一声叹息

《离骚》沉入江底

山河流变

越千年又千年

江湖庙堂轮转

给三闾大夫驱鬼的龙船

走了很远很远

呐喊

锣鼓喧天

一年又一年

祭奠

那《天问》也还没有完美的答案

《离骚》必成不朽的诗篇

诗人屈原

贵族血统的英俊男

本可以如《楚辞》《九歌》般百转

他却坚硬拥抱顽石

沉渊

撞击汨罗那一刻的波澜

涟漪到今天

"哀民生之多艰"

那是一个难了的心愿

长太息以掩涕

路曼曼其修远

端午节

屈原决绝地一跳

留下2000多年文明的遗产

全国放假日

2014年很热的一天

2014 / 6 / 23

金色池塘

鹅　鹅　鹅

池塘里的鹅

静静地看着小蝌蚪

成群结队地游过

他们会想些什么

水草丛生中

癞蛤蟆昂着头

注视着飞虫着落

池塘岸上的农家乐

有人指指点点

你瞧

"癞蛤蟆想吃天鹅肉"了

水灵灵的青蛙说

那是你们人类

臆想出来的

癞蛤蟆根本没这样想过

你们看看农家乐的招牌

"铁锅炖大鹅"

而且还有牛蛙火锅

池塘里的鹅沉默着

那癞蛤蟆依然昂着头

盯着小虫飞过

农家乐里衣冠楚楚的

开始了吃喝

远处传来的音乐

好似圣桑的"天鹅"

池塘里太阳的金色

渐渐地黑了

2021 / 2 / 1

六月菊

满堂的河南大水

还没退去

台风烟花

又大摇大摆

毫不客气地出席

听惯了豪气干云的道理

红色警报也不须在意

太阳照常升起

不曾怀疑过水落石出

疯狂地抽出积水

你却看见厚厚淤泥

如海绵吸满了的

挺身而出的汗水

浇灌着满眼葵百合

这厚厚的淤泥

也正吸干着一幕幕

悲伤故事里的泪滴

默默地长出六月菊

2021 / 7 / 23

哭墙

那块巨大的残垣断壁

千年以来仍在坚挺

见证这个苦难的民族

不变的虔诚

在圣城耶路撒冷

和平

希伯来语（salamon）

阿拉伯语（salam）

音义都相同

但却从来

不是这里安宁的保证

那是土地　是水　是信仰

还是心灵

哭墙永不倒

我的长城早已是一道风景

那里坚定地刻下了

你的虔诚

你的梦

2014 / 5 / 29

最后一天

玛雅人的那预言

让东西方的人猜了一年

有人花光所有的钱

有人扼腕没有了明天

有人悔了那些个想当年

有人自觉愧对从前

有人突然成了上帝下凡

花了不少善男信女的钱

有人羡慕煤老板

或许在神秘的地方登了船

玛雅人的预言真准呵

世界真就只有一个2012年

巧的是

中国农历冬至成了

玛雅人日历上传说的最后一天

这个灯红酒绿的夜晚

多少人在末日狂欢

妈妈包了饺子

热气腾腾的厨房闪现着

她皱纹堆着的笑脸

每一年的冬至

她都要有这样的仪式

她不知道有个诗人叫雪莱

她也会说

冬天到了春天就不会远

她只希望她儿子

每天都高兴健康

多吃饭少抽烟

这个冬至的夜真温暖

《新闻联播》正辟着谣言

媳妇端起酒杯笑着

"爸爸末日快乐"

老爸一脸严肃

"造谣的已经抓了十七个"

他用京剧腔调说

昨天的日历不见了

撕下今天的是明天

吃着妈妈的饺子

心里想着从前

谁也不会怀疑这个预言

过了今天是明天

每天都是最后一天

2012 / 12 / 21

回家过年

这街上的繁华灯红酒绿

忙着回家的人

顾不上来来往往的拥挤

车站钟楼上传来

归家的节律

从黄牛手上拿到票的欣喜

忙碌了一年

好像只为这一天

回家过年

攥着车票的手

微微地颤抖

谁还在乎

这一年是咸是苦

回家路上

辛酸中带着甜

脑海里

掂量着留守少年

行囊里

装着亲人的思念期盼

回家路上

看见了迷茫的眼

高铁已经让回家的路

短了又短

可一张小小的车票

依然很难很难

这一年

不记得送过多少次热饭

这一年

不记得把几多快递送到

人们手里面

可自己回家的路

还是十分遥远

回家过年

回家过年

一年又一年

亿万人的大迁徙

这个世界奇观

东西南北

那些普普通通的悲欢故事

年年上演

回家过年

回家过年

背景衬着华丽的虹霓

融进人潮涌动的拥挤

脑海里掂量着留守少年

行囊里

装着亲人的思念和期盼

回家过年

回家过年

2019 / 1 / 30

入冬的温度

天渐冷

街头灯影

还是有盼望的心情

期待给你些温暖

让孤独的人

感觉有人在等

一盘烤冷面

一串羊肉　一张手抓饼

一句"下班了"

会让你体味世间的温情

别计较贵贱了

疲惫归来的你

有人等候

这就是奔波劳碌者的灯

亲情在

遥远处

眼前这一幕

你也不能说不实在

这夜灯的背后

何尝不是

浓浓亲情的

等待

别再计较几角几块

温柔乡

哪个不期待

同是天涯明月下

几人能言潇潇洒洒

入冬了

天渐渐冷

回家路上

看着那些不能回家的人

走过去买张饼

聊上几句

彼此都添加了温度

2021 / 10 / 20

大水 2021

电视里重复着

加州熊熊燃烧的山火

环球更在反思着

欧洲洪灾的悲剧

这个夜晚

相会在郑州的

"千年一遇"的大雨

真是幸运没能赶上

如果你能在场

一定会回到洪荒时期

也说不定你能重拾石器

时代真大不同了

我们有幸遇见太多神奇

但人的生命只有一次

不论从三皇五帝

到治水的大禹

历史总是洪流浪涛

东流去

每一个生命都只有一次

值得珍惜

灾难面前

总有挺身而出舍生取义

总有人遭遇的是

"千年一遇"的难题

今非昔比

当大水退去时

又会有一次英雄般的凯旋

可眼下这汽车水里漂起

地铁在水里叹息

唯愿"烟花"泡影散去

不忘郑州的哭泣

河南一定能挺住的

继续呐喊加油

也是必须地

2021／7／21

猫腻

看你这娇小身材

心生怜意

你一生一世

我要对你好

可你却高傲

仿佛不很需要

你难过时

你不说话

我很心焦

不知如何是好

你吃好了也不对我笑

高兴时你常逃之夭夭

你生病了没有医保

花得一点也不少

和你在一起

你不好好说话

却总爱撒娇

这样的日子真好

人家有时也受不了

这就是生活的真面貌

这也算生活的美好

请你回答我

喵——

唉　现实生活

没那么多猫腻多好

2019 / 7 / 18

手机

有多久了

你没抬头看过那一缕晨曦

有多久了

你没品过一封家书的欣喜

有多久了

你没记起促膝谈心的灯影

有多久了

你总把陌生当作知己

多少次的激情欢聚

却变成沉默的宴席

多少次的美丽相遇

却又各自不在这里

多少次咫尺的亲密

变成真实的忽略不计

痴迷着遥远的距离

追逐着虚拟的虚"你"

是你掌握着她

还是她把你变成犁

一直牵着你

想知道答案吗

会有微信告诉你

手机　手机　手机

2015 / 5 / 7

等你回家

Mayday　Mayday

请回答　请回答

你回家的路怎么被拉长了

我们手里鲜花上露珠都成泪花

我们正焦急地等着你们回家

Mayday　Mayday

快回答　快回答

我的头顶天已经很蓝了

我们说好回家在一起不再牵挂

我们期盼听到马航370的马达

Mayday　Mayday

你在哪　你在哪

听见四面八方的呼唤吗

我们还没说过告别的话

我们要拥抱你的双臂放不下

Mayday　Mayday

这个时刻　中国人都是雷达

请你回答　我们在等你回家

这个夜晚　世界开足了马达

请你别害怕　无论你在哪里

我们都等你回家

2014 / 3 / 9

梦中人

周末的大白天

我做了一个发财梦

梦中人

买了茅台股份公司的股票

从每股30多块

一直涨到2000多块

却终于按捺不住颤抖的手

把股票卖掉

之后股票又涨了

他就遭到别人的嘲笑

说他眼界小

物以稀为贵

国酒可是稀世珍宝

君不见茅台

从当年一瓶十几块

涨到2000多

买到真的也难

他说世上没有后悔药

他不相信

喝国酒必不可少

没有国茅

还会有王茅　赖茅以及各种茅

喝上几杯都是酱香味道

他也不相信

舍得花大把银子

买天价酒喝的人

能有很多智慧创造

豪言壮语

也不能代表踏实勤劳

他更不相信

即使古希腊酒神

勾兑出的老酒

也不能像发明

百毒不侵的疫苗

和为人类探索宇宙

有更好的投资回报

听说

特斯拉不仅电动汽车好

马斯克还造新式火箭

开启美国航天私人制造

于是梦中人

又买了特斯拉的股票

这次他被套牢了

于是他又被嘲笑

说他胆大

马斯克的狂妄梦想

多少次失败

说不定哪天突然破产

移民火星计划更虚无缥缈

他说

马斯克是世界首富

为了梦想

把豪宅都卖掉了

打造"星二代"

"星链"互联网

让人类沟通再无死角

向火星移民计划

被质疑为骗局

仍然毫不动摇

君不见

已经有数以万计的人

报名

参与移民火星计划

哪怕那是一趟

有去无回的旅行

所以买特斯拉股票

就是用真金白银

向为人类的未来

探索的人

点赞　投票

我真想成为这"梦中人"

买过茅台股票

也愿意被特斯拉套牢

能豪饮茅台做好梦

也能被

马斯克的梦想绑定

2021 / 8 / 28

壬寅四月

四月之春

焦躁着漫漫无期

盼望着逃进太阳里去

无聊的手机里

翻开日历

哇 火红的"五一"

有点心潮澎湃了

"英特纳雄耐尔"

在耳畔响起

很快就发现

才进壬寅四月里

不曾想过与虎谋皮

明日复明日的

安分守己

不羡慕别人在美丽的国

也从不惦记

东非大草原那豪迈的迁徙

这些遥不可及的

与我没有时空交集

盯着脚下的复合地板

可以来点激情四溢的回忆

也小心翼翼回望过

家乡土地的贫瘠

这个春天

你还值得歌唱吗？

你知道的

前头本该是夏日的绚丽

你的口罩　　你的口罩

想大口大口

呼吸自由的空气的你

也许　　也许

本身就是问题

河东河西三十年太久

见过经过都是际遇

奇迹和日历

都会被撕扯下去

这个四月不该被忘记

2022 / 5 / 3

壬寅年四月初三

深深刻下珍惜

静夜是孤独时最好的伴侣

让人放宽内心 不急不躁

心照不宣

丰富多彩的时间

你有没有过孤独难眠

热闹的里面

那份惦念如烟呛眼

看泪花斑斓

心头那道伤口撒上盐

我要大声呼喊

遮去一阵一阵的哽咽

迎着风

流着泪

一步一步向前

这注定是难忘的时刻

一切都变得缓慢

给自己的期许

谁能看得见

面对笑脸

面对爱怜

面对苦难

面对鼓励

面对泪眼

转过身去的一瞬间

那个约定

那份期许

从来就没有变

心照不宣

2017 / 6 / 6

清明烟语

清明的小雨

沉静地凝结着思念

那小山丘上的纸钱

正化成缕缕轻烟

你是否总以为

在那边的至亲

生活也如这世间

没有钱便也寸步艰难?

还是把这香火

当作一次舒缓的对谈吧

平凡地活着

慈孝只有当前

也许个愿给自己吧

神明会听得见

一直以来

都是人在做

天在看

大道不言

岂止在清明这天

真正的爱

从来就不会走远

2021 / 4 / 4

天使的翅膀

这个夜晚

从没见过蛋糕

这么漂亮

蜡烛再次照亮我的心房

玫瑰花瓣飞扬

这第一次没主角的生日晚上

我依稀听见欢声笑语

看见眼泪流得酣畅

抬眼洁白的翅膀

天使归去来

爱一直在我身旁

2018 / 8 / 17

呢喃

清明向佛园，
玉兰雅菊伴。
晴日春风吹，
长思忆相随。
咫尺阴阳远，
呢喃当如面！

2021 / 4 / 3

藏起昨日的伤口

烈日当头

站在红旗大道路口

车来车往的

万千思绪

密密麻麻地剪辑着

往日的镜头

手拉着手

漫步赣州

一个又一个路口

下着冬雨的时候

心里头也温暖

酷热的夏天

挥汗如雨的笑脸

怎会有烦忧

你最爱的"五件"

小炒鱼　螺蛳肉

应该已经有了很多

噱头

可那属于你的原乡味道

对我来说已不再有

亲情更浓乡情在

荷包塘依旧

踯躅往下一个路口

我一边回头

一边藏起昨日的伤口

2018 / 8 / 11

今天是你的生日

今天是你的生日

风中有你悦耳笑声

你坚定远行

不再回眸一笑

扮靓另一个世界

成了你的使命

我这里凝固着

你的笑容

从那一刻开始

你永远年轻

今天是你的生日

我们既然来了

每一刻都是永恒

风中你悦耳的笑声

是永不消逝的电波

沿着宇宙的维度

传播着爱

一直没停

今天是你的生日

我们记着你来过

你便是永生

我心里凝固着你的笑容

你就永远年轻

2019 / 8 / 17

Miss you

Miss you

这个下雨的午后

思念纠缠不休

你的笑你的温柔

每一样都依旧

佛说昨日心不可得

你静静地远去

把伤悲的心

留在后头

Miss you

这个下雨的午后

思念纠缠不休

没有回眸一笑的门口

没有翘首站台的等候

佛说明日心不可得

当下是我的哀愁

心疼的感觉

Miss you

2018 / 7 / 9

深深刻下珍惜在歌里

这一年太不容易

地球像被塞进一个

上紧了发条

却又会忽然停摆的钟里

病毒来成谜去无期

满世界窜来窜去

把人类生老病死

不紧不慢的规律

似乎装上加速器

让亲密无间的关系

也要保持六英尺的距离

本来就被美颜的世界

又被一张张口罩遮蔽

这一年太不容易

那逝去生命的悲剧

却居然又要开一季

现在还看不到终结者

疫苗奇迹不知在哪里转机

只知道限聚令

禁足　封城　隔离

成了多米诺骨牌上的词语

在惊恐中站立

这是一段特殊的日子

想把自己的际遇

写进歌里叹息

想着　写着　却都成了你

这个孤寂的方寸之地

很快就塞满了回忆

想起你

起伏的心里头

歉意的浪花

泛起酸楚泪滴

是我太粗心了吧

那么些美好的瞬间

没有更好的珍惜

只好写进歌里

这是一段特别的日子

想把自己的际遇

写进歌里叹息

想着　写着　却都成了你

是你的心地太软　太宽了

让我坏脾气也生出柔情和蜜意

是你的眼眸太亮太美了

柔化了我倔强的脑壳粗糙的体格

不论来自天使之城

还是生长自黑色的土地

那年相遇在春天里

是上天赐给我们的福气

在这特殊的日子里

想把自己的际遇

写进歌里叹息

想着　写着　就成了你

可恶的病毒

又把世界折腾得翻天覆地

走出家门怕遇见邻居

出了小区没准回不去

能好好活着已经不易

写这首歌
就要在我的歌里
把生命里那些相遇
深深地刻下"珍惜"
在歌里

2021 / 1 / 6

原生态

得意时来处不忘
一辈子些许失意又何妨

听香

一阵清风沙沙响

黄绿相间的纱幔摇曳

金线般的雨丝飘洒

一地金黄

这真是金秀的地方

她是大山里藏着的瑶乡

秋天来这里漫步吧

满街桂花黄

听香

2010 / 10 / 2

松花江的晚上

松花江畔的晚上

穿着花长裙的姑娘

送走西边的斜阳

望着远去的江水

举起家藏的老酒

咽下甘洌的惆怅

眼眸清澈

如江上波光粼粼

回忆着

少女们水中嬉闹的时光

写下怀春时的文字

看着菜谱上

可还有青涩的滋味

远方的向往

2021 / 7 / 16

日光荷塘

盛夏里的艳阳

大地滚烫

闯进日光荷塘乘凉

浩渺碧波荡漾

遍布出水芙蓉

美丽的头颅高昂

残莲憔悴一旁

枯黄却也坚强

沉默的莲藕气节深藏

仰望上苍

低头思量

那些娇艳的面庞

出自污泥

骄傲地绽放

大地的滋养可曾遗忘

夏去秋来

清风明月

荷塘月色里思念的故乡

日光荷塘上初心不敢忘

这夏日里的艳阳

这大地滚烫的时光

泛舟日光荷塘

叹人生得意失望

前世今生事

藕断丝连

荷花的惊艳

莲藕朴素的泥装

相生相长

人生得意时来处不忘

一辈子些许失意又何妨

日光荷塘

2019 / 8 / 3

美哉，侗族大歌

朋友

如果您没有听过侗族大歌

那快来听

这远古传来的歌

当你走进

那悠长跌宕的漩涡

你会感觉它是一条

流经两千五百个春秋

依然奔腾不息的河

它蜿蜒

清澈

恢弘

欢乐

它是史诗的交响

它是这个民族

生生不息的解说

或许

是这片土地太神奇

令这民族

如歌的文脉从未断过

或许

是这嘎老

歌声太悠远

令这民族

在崇山峻岭间的脚步

淡定沉着

从远古一直走近

我们的生活

侗族大歌

唱起来

就像一团火

唱着和着相伴着

侗族大歌

飘起来

此起彼伏你唱我和

如满天星斗闪烁

侗族大歌

是歌　胜过歌

它是一个民族的寄托

是从古至今

依然鲜活的述说

更是引领一代又一代

前行的火把

它让我们相聚在一起

真情相拥不褪色

它让我们相聚在一起

心心相印

血总是热的

呵

美哉　侗族大歌

2015 / 7

惊蛰

万物更生

僵硬的复活

天公击鼓

冬眠的梦破

蚯蚓都伸起懒腰

大地正在发热

一切的一切激活了

不可阻挡的生机

污浊

尘埃也婆娑

一年之际

躁动的开始

霾与驱霾

魔与驱魔的

亮剑时刻

惊蛰

2015 / 3 / 6

采摘的日子

土地上杂草丛生

是生命的顽强

还是天地的包容

采摘的季节里

成熟的瓜果

土地滋养的生命

他从不言声

那花那叶那果

听见孩子们的笑声

沐浴那雨那风那光

她的生命

我的生命

一分一秒少不了

这份情

假如没有这土地的深情

假如没有这天地的包容

一切的一切

何处生根

如何长出欢乐的生命

走在天地间

请你别忘记

天对你的包容

地对你的深情

采摘的日子

俯首土地

反省

2016／4／30

秋日叶语

把秋关进笼子里

也锁不住

叶落凋零

夕阳微笑着

留下一地碎金

秋日叶语道

天色渐暗了

不如早点回家

炉火边点根烟

不用等朝霞漫天

不必回忆从前

2019 / 11 / 4

熬中药

君君臣臣使者相邀

根根茎茎叶花拥抱

适时相煎

阴阳八卦　沉浮数缓

望闻问切　面相舌态

天地间

医者仁心精诚赴救

良药苦口

忠言逆耳

有缘遇见否极泰来

常有趁虚而入者

唯利是图混迹江湖

忽悠病患贫弱

含灵巨贼

终将自酿苦果

水火金木土

环环相扣

苍天之下

真真假假　相生相克

时间熬出真相大白

付出真诚

苍天怎能负我

熬中药　敬天地

感恩

神农尝百草功德千秋

熬中药　敬天地

感恩

"医圣"仲景仁术传后百代

仁爱爱人是真道

熬中药

熬着希望

热气腾腾

招呼着明天的美好

2017／11／5

又见邕江

榕树张开宽大的臂膀

密布着翠绿

你看不见

叽叽喳喳的模样

也知道她们在欢唱

温柔的邕江

汩汩流淌

让你的脚步绵绵

好像时光被拉长

鸟语　红豆　老友粉香

三月三

山歌飘飘

最相思的地方

南宁难忘

又见邕江

2016 / 3 / 28

白露

有时候

那些遥不可及的

也会扑面而来

大海的方向

风正清凉

白露

月光

鸟儿冬藏

秋蝉浅唱

秋叶归乡路上

一次美丽的相遇

为谢幕

为下一次相聚

歌唱

2016 / 9 / 7

原生态

我们争先恐后

洗净腿上泥

匆忙搭上

钢铁混凝土的时尚

可总是觉得

山花开遍草木馨香

还在本来的地方

于是

怀念起原生态的模样

羡慕山清水秀

人稀地广

脑海里刀耕火种

鸡犬相闻

炊烟袅袅

感叹那原生态

曾经的世外桃源景象

当我置身黔东南的侗乡

我明白了原生态

超出我们平常的遐想

梯田像天上的云

一朵朵挂在山坡上

房子建在险峻的地方

清泉一刻不歇地流淌

高大的鼓楼歌声飞扬

走进原生态的山寨

你也会发现

这里并非浪漫的故乡

这里的百姓

也有沉重的扁担在肩上

崎岖山路上行走

并不像听山歌

那么气韵舒畅

猜想当年

先民走到这深山僻壤

当不是他们

对这里的生态向往

而是以今天我们

难以想象的坚强

与天灾人祸搏斗

找寻香火延续

血脉传承的地方

朋友

如果你以为原生态

就是茅草屋

山粗犷

水清凉

世世代代不变的慢步

裹着靛蓝的粗布衣裳

你难免会失望

如今这里通了互联网

如果你还以为

原生态是进步的参照

是能回望的落后时光

这难免有些不自量

你看吧

那不停歇的山泉

流向远方

她一定知道前方宽广

她来自纯洁的地方

所以才自信地

一路欢唱

奔向大江大洋

我想

原生态

不仅是那些青山

那些木房

不仅是牧童短笛

鸡犬牛羊

原生态

不仅是那炊烟袅袅

山歌的嘹亮

原生态是

山里人清澈的眼神

笑声的爽朗

相信的力量

原生态

是世代对祖先的敬仰

是对未来充满希望

是还能记得的

人间净土的模样

其实原生态

不在深山

她就在我们每个人心上

在那阴霾遮不住的

心灵深处

那个最柔软的地方

2015 / 7 / 26

来吧，漂红河

闯过激流你就是智者

穿过峡谷你就是仁者

山川映照着你英雄本色

来吧　来吧　快来漂红河

你给大山一个微笑

大山给你一个拥抱

融入激流去体验智者的勇敢

走进大山去享受仁者的喜乐

来吧　来吧　快来漂红河

这里充满的是勇气

来吧　快来漂红河

这里充满的是活力

噢　这里回荡着幸福歌

我们和自然同欢乐

来吧　快来漂红河

噢　这里回荡着幸福歌

我们和自然同欢乐

来吧　快来吧　漂红河

在那峡谷你和大山会分不出你我

在那森林你会是强壮的大树一棵

那激流浪花承载着我们的快乐

来吧　来吧　快来漂红河

这里充满的是勇气

来吧　快来漂红河

这里充满的是活力

噢　这里回荡着幸福歌

我们和自然同欢乐

来吧　快来漂红河

噢　这里回荡着幸福歌

我们和自然同欢乐

来吧　快来吧

漂红河　漂红河

漂红河　漂红河　漂红河

2010 / 4 / 27

天工开物

历史就是这样

不该逝去的也会逝去，该留下的

总在人们心中

打开文明密码

领略过秦俑的潇洒

循着王羲之的笔法

悠然在五柳的乡下

大美的中华

无处不藏着

文明的密码

细品过春茗古茶

推敲过那晨钟古刹

弹一曲《高山流水》

神奇的中华

无处不有的

文明密码

打开文明的密码

骄傲我的中华

打开文明的密码

自豪我的国家

万古流长　文化中华

文明的密码

2014 / 5

为央视《文明密码》栏目而作

紫玉金砂

五色的泥土　翠绿的嫩芽

没有绚烂　没有香艳

宁静的思绪就是她

沉醉着久远的往事

低泡着眼前的浮华

是一杯清茶

紫玉金砂

五色的泥土　翠绿的嫩芽

没有绚烂　没有香艳

宁静的思绪就是她

逝去的金戈铁马

缠绵的丝竹浣纱

是一杯清茶

紫玉金砂

五色的泥土　翠绿的嫩芽

没有绚烂　没有香艳

宁静的思绪就是她

道不尽的生命之谜

散开去的爱之气息

是一杯清茶

紫玉金砂

Life is true，love forever

life is true，love keep us together

2010 / 3 / 21

书法

黑白两色

宣纸泼墨

挥毫追锋划过

千年点点星罗

古月今照

弹指间大川长河

行云流水如歌

气韵在胸

洋洋洒洒

丹田城郭

点划之间云天破

美哉

汉字

仓颉功名

神工

书法篆刻

相映成辉

快意天下

写春秋自在逸德

2015 / 3 / 13

中华味道

红红火火的日子

怎能不把亲朋相邀

烹煮煎烤烧

酸甜麻辣鲜和咸

一样不能少

我们捧出真材实料

浓浓的中国情

尝不尽的中华味道

红红火火的日子

怎能不把亲朋相邀

蒸涮炸炖炒

锅碗瓢盆盘筷勺

相会就是笑

食脍精细百年炉灶

暖暖的中国情

尝不尽的中华味道

中华味道

天下美食

色香味

添一分会太厚

减一分又太薄

中华味道

四季香飘

老字号

妙手依旧在

古月今正照

悠久的文化

尝不尽的中华味道

中华味道

2016／5／13

义在禾宜轩

古阳羡东氿畔

吴越文脉渊源

登高望远浩渺云烟

沧浪之水存悠远

闻丝竹之音续良缘

情义绵延

偶得嘉禾一片

煮一壶茶

忽然气清云淡

邀知己老友言欢

儒生宾朋共雅玩

此间已然若神仙

低眉静思挥墨点点

抬眼四望处处宽

行云流水无边

义在禾宜轩

挥洒鸿图展长卷

闯得美意无限

2014 / 10 / 21

天工开物

石头　剪刀　布
金木水火土
鲁班爷的手
黄道婆的布

石头　剪刀　布
金木水火土
天工开物没停步
人有担当就是擎天柱

石头　剪刀　布
金木水火土
万千的美景
智慧蘸着汗水图

石头　剪刀　布
金木水火土

五个手指正起舞

你追我赶天地殊

2013 / 6 / 4

为纪录片《大国重器》而作

紫泥之恋

既然没有最完美的结束

那就让瞬间凝固

既然不能拒绝烈焰的迷恋

那就记住芙蓉出水的容颜

让刹那成永远

天地之情

造就了包容万物之灵

让你既沉醉且淡然

不求浮华耀眼

但存清心悠远

眉宇之间

禅茶一壶洞天

胜过佳酿百盏

你温润如玉

拥抱生命之泉的甘甜

神情坚贞如磐

心底里珍藏着柔软

紫泥之恋
一念　遇见
一瞬　千年

2013 / 5
为电影《紫泥之恋》而作

游子吟

沉醉着久远的往事

低泡着眼前的浮华

波西米亚的天空

不一定是为雨

不一定是为那湛蓝的背景

这里的天空总是白云飘动

一切都清新悠远

一切都鲜亮透明

波西米亚的天空

布拉格城堡尖尖的顶

伏尔塔瓦河流动着的影

天文钟的声

布拉格是神秘的城

瓦茨拉夫大街

你仍能听见

千年前马场上

马蹄和青石的合奏

伴着千座教堂钟

走在街头你止不住

要想历史　宗教　革命　文化　传承

波西米亚的天空下

曾经的躁动和包容

从查理大帝的威名

到布拉格之春的梦醒

在布拉格你能看见

那些史上大戏的布景

无论巴洛克还是文艺复兴

新浪漫和艺术风

都在布拉格流行

这里是莫扎特最早的知音

德沃夏克从这里

开始了发现新大陆的旅行

卡夫卡绘出了变色龙

斯美塔娜演绎的爱国情

他们是波西米亚天空中

最闪亮的星

历史就是这样

不该逝去的也会逝去

该留下的总在人们心中

仰望波西米亚的天空

感受着"生命中不能承受之轻"

2010 / 5

独自前行

趁我还没疯

你来听听我的心声

你不要说话

就静静听

你不用同情

也不要批评

当我的话讲完了

拍拍我的肩膀

如果你愿意

送出一个拥抱就行

一个人的世界很大

不需要有多少人能懂

每个人都是自己的

每个心灵都会有痛

所以才有

那么多含泪的欢笑

那么多没有目的的远行

每个人都有脆弱的时候

走不动就需要停一停

所以给他个拥抱吧

所以拍拍他的肩膀吧

我们都要独自前行

迎着风

2019 / 7 / 13

夏尔巴

已经多少年了
通向珠峰的山路上
那些勇士的名字
依然稀稀拉拉
而这张荣誉榜的衬底
夏尔巴这个名词
却一直密密麻麻

已经多少次了
哪一次的冲顶
都是用生命做的代价
对有的人来说
登顶那荣耀的一刻
甚至就是
生命的顶峰
夏尔巴深知自己的价值
要让任何义无反顾的生命

带着荣耀回家

已经多少次了

夏尔巴

就是一种生死约定

让勇士成为英雄

夏尔巴的忠诚

呵护着

哪怕最脆弱的生命

让一丝希望

都回大本营

已经多少次了

超越世界之巅的交响

都少不了夏尔巴的乐章

如果没有夏尔巴

深沉坚定的伴唱

在征服珠穆朗玛的乐谱上

每一个音符

都会弹成悲怆

已经多少次了

每一次登峰造极的英雄奏响

在醉氧的激情里

你是否会想起

在喜马拉雅的怀里

夏尔巴人

和山的互信

对生命的守望

2013 / 11 / 29

念

念　念你的恋　是宁静一片
经声佛号悠远　心海无波澜

念　念你的念　是大昭寺前
转经筒飞旋　虔诚守着愿

念　念你的情　是纳木措的天
神山上的经幡　飘向心的彼岸

念　念你的恋　是八廓街慢步
酥油茶的香甜　一双双清澈的眼

念　念你的缘　是菩提珠的捻
六字箴言把吉祥传
前方不再山高路远

念　念你的愿　是布达拉的伟岸

罗布林卡的夏天　展佛节的笑脸

阳光城的淡然

念　念你的念　是心怀感念

珠穆朗玛不再高不可攀

桑烟中的圣地

成了心底的家园

念　念你的蓝　念你的淡

念你的白　念你的幡

念你的烟　念你所愿

念是一生的修炼　念是不再迷恋

念　只为走近你的心田

念　唵嘛呢叭咪吽

念　念你的念　念是给拉萨的歌

念是拉萨之恋

2011 / 12 / 25

红

靓丽香唇　红是风景

铁血丹青　红是性情

真金浴火　红是见证

百炼成钢　红是英雄

红是血脉

红是传承

红是历史的底色

红是不老的情

红是烈焰

红是激情

红是生命的流动

红是知音相逢

红是玫瑰

红是深情

红是醇厚

红是庄重

红是怒发冲冠

红是澎湃心境

红是侠肝义胆

红是金生水行

红是心动的时刻

红是沉醉的面容

红　是红的传奇

红　就是红

2010 / 8

阿尔罕布拉宫的回忆

阿尔罕布拉宫的回忆

是一把古老的吉他

琴弦像妈妈的白发

夕阳里梳着温暖的红霞

颤抖的光芒里

我看见了慈母的泪花

阿尔罕布拉宫的回忆

是一把古老的吉他

琴声似长河慢慢流过

夜色里银光飘洒

跳动的手指

闪回着儿时的玩耍

阿尔罕布拉宫的回忆

是一把古老的吉他

天地穿梭着它的和弦

琴箱里藏着时光的沧桑

颤音绵绵里

隐喻着命运的归宿

2012 / 7

有爱无处不天堂

天使的羽翼祥云一样

从来就不华丽鲜亮

一双洁白的翅膀

就能让大爱飞翔

她舞动白云般的翅膀

大声对凡尘世界讲

只要有爱　人间到处都是天堂

谁说丑小鸭

不是山谷里等待起飞的凤凰

给她信任和坚强

她就能飞近梦想

只要有爱　浑身都是力量

打开爱的衣橱

里面总是挂满

冬日里的暖阳

每一件普通的衣裳

就是一间温暖的花房

让最脆弱的花朵

也能绽放

只要有爱　荒漠也会有鸟语花香

天底下的善良

从来就无须任何包装

一副火热的心肠

就能让人世间真情滚烫

她让冬天不再有寒冷和感伤

只要有爱

一根火柴就能把世界点亮

只要有爱　丑小鸭也会有丘比特的模样

她让普天之下每一个心灵

都有天使般的翅膀

在无忧的天堂自由翱翔

打开爱心衣橱

里面装满了善良

她是冬日里最温暖的衣裳

再脆弱的心都能坚强

请相信爱吧

有爱无处不天堂

2012 / 11

远望

天际线灯影婆娑

这是久违的景色

寒风过处

四周宁静树叶零落

望星空

与古月对视

叹千秋变换

人生百年印记几何

点一根烟

星火中思索

得失算得出什么

时光对沙漏诉说

火热的终为灰烬

为什么烟瘾难熬

一根又一根

总有些说不清道不明

欲说破说不破的

是悲是喜

选情胶着

客机跌落

对与不对

错和不错的

谎言总戳不破

你我生命中

假如真能登高远眺

感觉总能在

别处活着

如是了

你是不是才算

真的懂了什么是

真的活着

远望时刻

2020 / 1 / 11

念西塘

有没有这样的地方

沸腾和宁静只隔一条小巷

有没有这样的地方

天堂和家园是同一堵院墙

有没有这样的地方

奔跑和信步都在溪塘边上

有没有这样的地方

精英和贤淑是同一个姑娘

有没有这样的地方

激荡和浪漫是同一方水乡

有没有这样的地方

奔跑和信步都在溪塘边上

有没有这样的地方

精英和贤淑是同一个姑娘

有没有这样的地方

相识和浓情只因一杯佳酿

世上确有这嘉善之地

那是梦里常回的西塘

念西塘

啊

醉西塘

啊

这里的风情真别样

2009 / 10

别害怕

你看见惊涛骇浪吧

你听见狂风大作吧

你遇见山崩地裂吧

别害怕

惊涛骇浪

那是大海向你招手呢

狂风大作

那是大树在和你说话

山崩地裂

那是大地又苏醒了

尽管我们正日行八万里停不下

尽管我们不知哪里停靠着诺亚

可祈福早已在心里安家

种上一颗爱的许愿树吧

点上一支温暖的蜡烛吧

别害怕

天塌不下来

那是我们大家一直都撑着呢

肆虐的病毒

也许是来试探

我们生活的世界

有多少是真还是假的

要知道假的真不了

该来的总要来

该去的留不下

别害怕

其实恐惧就是一种病毒

在人群中会传染的

所以

别害怕

想想那些

与病毒周旋的白衣天使

你就会知道艰难的时候

什么才是靠得住的

你也能体会

爱的力量有多强大

别害怕

人生总会遇到风吹雨打

一切都会过去

真诚地活在当下

给自己加油

就是为了大家

别害怕

2020 / 1 / 26

直到地球不再转身

那一天会降临，每颗心都能朝着
希望的方向，自由自在地飞翔

瓦伦丁日

这一日
当属于西方的小伙子
瓦伦丁

他的牺牲
早化作这里酒吧的歌声
摇曳的霓虹
迷醉的身影

模糊的玫瑰花瓣
正随东方的春风飘动
情为何物
有多少人懂

2016 / 2 / 14

盼望

那一天会降临

每颗心都能朝着

希望的方向

自由自在地飞翔

选择你所爱的

不彷徨　不后悔　不悲伤

那一个早上

每个人都有足格的能量

迎着朝阳

张开健美的双臂

拥抱上苍给予的

不喜　不悲　不费思量

我们不求走在坦途之上

因为盼望

所以胸中有梦

所以肩有担当

盼到那一天

每个人都呼吸欢畅

我们要回到本来的地方

因为盼望

所以灵魂纯净

所以目光坚定

盼到那一天

每个人都带着光芒

2019 / 12 / 25

双眼皮

双眼皮的姑娘

就是漂亮

特别是那双大眼睛

明亮　清澈　水汪汪

她看世界的方式

也不太一样

似乎可以

三百六十度的方向

即使一个小小角落

也能看见那里的阳光安详

她看见一只蟑螂

会惊叫奔放唤它小强

她看见一只蚂蚁

也表现出柔软的心肠

会说

人家也许还是双眼皮儿

是一个美丽的姑娘

我怎么忍心

让她受伤

噢

双眼皮的姑娘

你

真漂亮

2019 / 7 / 26

加州花房

盛产阳光的地方

鸟语花香

你心仪的那一朵

正绽放

已经醉了

那沁人心脾的

猝不及防的香

这是加州花房

头上灿烂的暖阳

进了这门

你就没有了方向

不用再去思量

关于东方

关于西方

关于美酒

关于姑娘

关于故乡

关于忧伤

花前月下的

私语

给你满园春色

种子的力量

2018 / 7 / 27

时差

地球是圆的

总有一半亮

此消彼长

那就让我的夜

快深下去吧

你就会更早迎接太阳

好让那美丽的孔雀

飞起来

给我捎来一缕加州的阳光

哪怕只是你的一根翎羽

也足够让我的陋室

成为荣耀的殿堂

那是爱

飞越太平洋

让时差成为接力棒

我的夜

也能光芒万丈

让我血脉偾张

时差成就了美丽的向往

2018 / 8 / 4

妙不可言

往事如烟

那激情点燃的一切

曾经的婀娜多姿

曾经的浪漫缠绵

或浓烈或温婉

都在一呼一吸间

慢慢飘散

常常欲罢不能的

又无可奈何的了断

生命中的无常

不间断地上演

苦也罢甜也罢乐也罢

像浓浓的巧克力

终会化在唇齿之间

既然是留不住的爱恋

遇见了就抓住

就抱紧

就急速地摩擦

发热　点燃

不要留下遗憾

我爱上了这支烟斗

她真是好看

手感更妙不可言

2021 / 2 / 23

冬雨

"下雨了"

大洋那头传来了

淅淅沥沥的雨

这是加利福尼亚的冬季

加州的阳光

很多人熟悉

不少诗歌

都热情地赞美过她

阳光灿烂的夏季

人们喜爱它的蓝天　白云

大海　鲜花和水果

而我更喜爱加州的冬季

它没有了热浪焦灼的沙漠

也没有了肆虐的山林野火

山上是白雪皑皑

山下则细雨婆娑

太阳穿透云层那一刻

绚丽的彩虹

就在眼前挂着

雨水汇成了清澈的小溪

乐呵呵地

从房前流过

我喜欢加州的冬雨

雨水会滋润罗兰高地

让山坡上生出的绿意

成为松鼠们自在的天地

小蜂鸟又会快乐地穿梭

那屋后的枇杷树

也很快就会结果

所以

你会兴奋地告诉我

"下雨了"

是啊

你知道

我爱加州的冬季

更爱南加州的雨

这样可以

在屋檐下看雨

慢慢地回忆

生命里那些点点滴滴

优山美地精疲力尽的甜蜜。

以及一点火就着的暴脾气

2021 / 1 / 28

直到地球不再转身

看着你的笑容

我感觉重获新生

你这一脸的阳光灿烂

干净得没有一丝的杂念

好想给你一个深深的吻

却怕我的笨拙嘴唇

让你善良的光芒失真

不如就这样

目不转睛看着你

陶醉着你的笑容

欣赏你的天真

感觉我自己好像丢了魂

既然有了你

我还需要什么魂

有了你

生命已成为爱的化身

有了你

我真的好想爱

有了你

我更能做爱做的一切

有了你

我才真的理解了

如你这样的

就是要人来宠

请你一直这样笑

请你永远保持这份真

我知道了

我的余生

原来是用来宠你的

即使我渐渐老去

直到地球不再转身

2021 / 2 / 17

永别了，2021

当第一声啼哭来到世上

每个人

就此踏上了告别之旅

不论是

生旦净末丑

匪兵甲匪兵乙

不论你演技高低

人生终究是一场离别的戏

这没有人怀疑

问题在于

我们从不会

为告别做彩排和练习

当别离

无可救药地来临时

猝不及防的无助

难割难舍的痛苦

都是本色出演

甚至没有谢幕的余地

世事无常

尽管都懂得

这残酷的道理

我们也学不会如何告别

也不必时常

为告别刻意练习

因此

倒不如练习清空

装着那些伤痛

或美好甜蜜记忆的容器

以便接纳未知的惊喜

潇洒地作别过去

抛却不属于我们的过去

永别了　2021

我更希望它

也能把瘟疫　病毒

谣言和欺骗

以及仇恨和战乱

都一同带走

永别了　2021

希望

在又一个新年里

每个人都是人的模样

每个人都成为他自己

自在地走完各自

有限的人生之旅

永别了　2021

2021／12／31

关于老爸的点滴记忆

老爸三岁就没了父亲

那是兵荒马乱年代

奶奶挑着担子

从胶东闯关东

投奔了亲戚

这是我长大后才知道的

但我从未见过老爸

自怜或怯懦

少年的老爸和人打过架

据说是关东军的子弟

一只眼睛几乎失明

这也是我长大后才知道的

老爸上过几天私塾

就去远房亲戚家当学徒

受了几年委屈

也有了些手艺

开始独自谋生

闯荡江湖

这也是我长大后才知道的

我小时侯

只知道老爸是他那个

国营工厂的"大拿"

纺织机械中的玩意儿

没有他不会的

他有很多徒弟

人人都喊他"姜师傅"

文革时

造反派批斗学术权威

也提审过老爸

老爸说

我只上了几天私塾

我就是会点技术

小学都没进过

哪里来的反动学术

我只记得老爸

常带几个南方口音的家伙

来我家喝上几口

小学没上的他

很羡慕和尊敬大学生的

我还知道

老爸的工资

比当时技术员高很多

有些难题

那些"眼镜"经常要和老爸一起才攻克

后来

私塾肄业的"八级工"老爸

进了工厂的设计科

直到退休

老爸设计制造很多特殊工具

那个工厂一直用着

这是老爸最骄傲的

后来

产业变迁

工厂重组成股份制了

老爸说

我从给私人干起

工厂干大成国营的

怎么最后又干成私人的

搞不懂

我上中学时

港台流行歌曲走红

时髦少年提着卡式录音机

还是双喇叭的

牛气哄哄

我央求老爸说要学外语

录音机最有用

老爸毫不犹疑

买了个比那种贵不少

也小不少

我却拿不出手得瑟的

我考大学那会儿

感觉学法律很酷的

老爸说

有理的不一定能走遍天下

你还是学点正经手艺吧

于是我报了

也算很时髦的新闻摄影

老爸不懂新闻是啥

他说

至少照相也是技术活

不错

其实作为父子

这辈子和爸爸说过的话真不多

我上大学后的一天

收到爸爸亲笔信

这也是爸爸给我

这个儿子

唯一的一封信

只记得他私塾的"学历"

繁体字写的很美

只记得爸爸说了很多

当面不曾说过的

那些柔软的话

看得我泪眼婆娑

我知道了

老爸很多的故事

我也知道了

他的人生

原来是那么不易

我更知道了

他对我的疼爱　宽容　严厉……

都是他多么想拥有

却不曾有的

爸爸给我印象最深的话

"人在江湖，没有手艺何以立于天地"

"永远要对他人和气

再能　也不要忘了自己是什么鸟变的"

老爸个头高大

不记得他报过医药费

老爸单位分房从来没争过

一波一波过去了

最后还是老妈出面找厂长"闹"

结果还真成了

老爸却说

厂长人很好的

该给你的会给的

老爸昨晚睡了

今天早上悄悄的安详的离去了

没有留下一句话

第一时间替我

赶到老爸身边的

我的发小　兄弟

安慰我说

老爸是安详的幸福的

这是他老人家"熟透"了

……

老爸和老妈相濡以沫

他们过了铂金婚

老爸从来都是听老妈的

这一次他有点不够意思

没听老妈的

自己先驾鹤西去了

我这个不孝的儿子

没有和他见上最后一面

更没来得及对他说上几句

我也不曾和他说过的

柔软的话

老爸千古不变了

我永恒的老爸

您是我的楷模

您，我会永远爱着

此刻

一切都是苍白的

还有很多点点滴滴

依然在泪眼中鲜活

2022 / 4 / 24

写于回丹东送别老爸姜远寿老先生的路上

后记

只为感恩

　　当我这些散落在各处的诗文，成为《一念遇见》的时候，我真是诚惶诚恐，这里收录了近十年 129 首诗歌，它虽很个人化，但也是我对事业、对社会、对日常生活感悟的一种表达，我时常会把某时的心境写下来。用写诗的方式让我的神经保持敏锐，而不是对一些"司空见惯"的麻木。当然，这里更多的是生活中我所感受到的一切爱和感动。

　　所以，我必须在此，写下这些感谢——

　　首先，我感谢我"九零后"的父亲母亲，在我耳顺之年还能时常听见他们的叮咛和唠叨，深感莫大的幸福。

　　我感谢我的爱人给予的那些倾听、鼓励，时而善意的嘲讽、甚或是病痛的煎熬，这些也都给我带来灵感和激情，让我写出了《北京榜样》、《请忘记我曾是谁》和《直到地球不再转身》……

　　我感谢女儿溪溪，她继承了她妈妈富有爱心、善解人意、通达智慧的秉性，把事业和生活处理得淡然和谐、丰富有趣，每每和她对话都是我的一次学习。事实上，我写的第一首歌词《为什么》就是从她四岁时的言行里学到的。

我特别感谢我的恩师王振纲先生，所谓师恩难忘，我一直认为是他引导我，开启了我幸运的人生，这本诗集的完成也一样离不开老师的教诲和鼓励。

我感谢罗湘萍（晓然）、王者琦、吕晔、付丹、张菁、李曼为、王菁、周琰、于溪、丁宁、安宏、杨洋等亲友、同事，是他们用心把我那些潦草的书写整理成篇，才有了今天结集的可能。

我感谢著名作曲家吕远老师，以及方兵、赵照、郭峰、阿里郎、邢凯、孙楠、牛阿海、王国欢、黑鸭子、王鹤翔、王晓天等音乐人，是他们让我的一些诗文成歌能唱给你听。

我感谢方明老师、敬一丹老师，以及李修平、王小丫、滕欢、彦旭、方达、李锐、孙畅、杨洪、朱秦、于浩、姚迪、天时、水雯、贺芳、吴卉、姜巍、刘海龙等主持人、朗诵"大腕"的倾情朗诵，让我直白的文字变得生动。

我感谢张连起先生、谷云龙先生、庞遵升先生、畅钟先生、张晓阳先生、皮昊先生、孙雨净女士、海兰女士、杨丛阁女士等给予的互动点评。

我要特别感谢辽宁人民出版社张东平社长、蔡文祥常务副总编辑、张洪副总编辑的厚爱，还要感谢责编艾明秋、娄瓴，装帧设计丁末末老师，她们"精心打扮"此书，让它看上去更美。

感恩生命中所有的遇见，所有的这一切成就了今天的我，我常常想，自己何其幸运，拥有了那么多，让我的内心丰盈。

最后，我感谢得到此书的朋友们，对在所谓"元宇宙"时代，还热爱读纸书的我来说，能这样遇见你，我深感幸福。

2022年3月15日